KB050546

RAID

레이드 : 신의 탄생 4

초판 1쇄 인쇄일 2016년 1월 19일 ∣ **초판 1쇄 발행일** 2016년 1월 21일

지은이 박민규 ∣ **펴낸이** 곽중열 ∣ **담당편집 팀장** 이범수
편집부 신연제 이윤아 김은경 홍현주

펴낸곳 (주) 조은세상 ∣ **출판등록** 제 2002-23호
주소 경기도 연천군 미산면 청정로 1355
TEL 편집부 02)587-2966 ∣ FAX 02)587-2922
e-mail bukdu@comics21c.co.kr

ⓒ박민규 2015
ISBN 979-11-5832-422-3 ∣ ISBN 979-11-5832-353-0(set) ∣ 값 8,000원

※잘못 만들어진 책은 바꿔 드립니다.
※저자와의 협의에 의해 인지는 생략합니다.

NEO MODERN FANTASY STORY

레이드

∴ 신의 탄생

박민규 현대판타지 장편소설

4

북두
(주)조은세상

레인

신의 탄생

1. 코리안 나이트의 귀환 … 7

2. 정리 … 45

3. 깨달음 … 89

4. 마인습격 … 115

5. 무어, 널 베겠다 … 185

6. 마계 사냥꾼 … 221

7. 코슬렌 차원 … 279

1. 코리안 나이트의 귀환

NEO MODERN FANTASY STORY

RAID

신의 탄생

1. 코리안 나이트의 귀환

레이드

NEO MODERN FANTASY STORY

투투투투투!

KBC방송국 헬기가 서울 상공을 날고 있었다. 특종이라면 환장을 하는 다른 방송국들은 없었다. 방금 전, MBS측 헬기 두 대가 괴수에 의해 처참히 폭발하여 버렸기 때문이었다.

"선배! 우리도 이만 철수해요!"

스물 후반으로 보이는 뚱뚱한 체격의 남성이 끔찍한 참사를 바라보는 여인에게 한 말이었다. 그녀의 고개가 돌아갔다.

오렌지 브라운으로 물들인 머리카락. 새하얀 피부. KBC방송국의 최혜진 리포터였다.

"아니, 안 돼."

"선배, 미쳤어요. 진짜!?"

그녀는 방송국에서 또라이로도 유명했다. 그런 그녀가 KBC의 메인 리포터였다. 사내는 오늘만큼은 그녀가 제발 정신 좀 차렸으면 한다.

"우리 이러다 다 뒈져요!"

"야."

그녀는 은단 껌을 꺼내 입에 넣고 두 번 씹었다.

"담배 존나 피고 싶다."

그러면서 생긋 웃었다. 그렇지만 손은 불안한 듯 바들바들 떨렸다.

"우리가 왜 철수하면 안 되는지 알려줘?"

"왜요?"

"우린 희망이니까."

"무슨 개소립니까!"

사내의 얼굴이 처참히 일그러졌다.

"어차피 삼대 길드가 도착했습니다! 이제 곧 정리되고…."

"지랄. 네 눈에는 저게 정리 되는 걸로 보여? 알짜배기 놈들은 움직이지도 않고 있어. 삼대 길드가 처리하는 건 겉쳐내기 밖에는 안 된다고."

사내의 입이 벌어졌다. 그는 밑을 내려다봤다. 정말, 한 힘 단단히 할 것 같은 괴수들은 아직 움직이지 않고 있었다.

그 앞을 막아선 괴수들만 삼대 길드가 힘겹게 쳐내고 있었다. 말 그대로 힘겹게.

놈들이 움직이는 순간?

"그래도 곧 세런디피티에서…."

"지랄 똥싸고 앉았네. 세런디피티의 누가 오는데? 워프 존 타고 슝 올 거 같아? 그 전에 우린 다 뒤진다고. 그쪽도 오면 뒤질 거 뻔히 아는데 오고 싶겠냐? 힘을 통합하겠지 안전하게. 그 다음에 괴수 소굴로 변한 대한민국의 괴수들이 자신들에게 피해를 입히기 전에 하나 둘씩 처리하려 할 거야. 그 말이 뭔지 알아?"

그녀는 엄지로 목을 긋는 시늉을 했다.

"우리 국민들은 다 죽는다고."

"그럼 조금이라도 더 살아야지요. 어서 빨리 철수합시다!"

"그래도 우린 희망이야. 도망칠 수 없어."

다 뒤질 거라면서 그녀는 다시 희망을 운운했다.

"삼대 길드가 밀리지 않는 때까지. 딱 그때까지만 촬영을 하고 철수하자. 우리 대한민국은 강하다. 무너지지 않는다. 그 부분까지만 교묘하게 자체적으로 편집하자. 서울 사람 다 뒤진다고 다른 지역 사람들까지 뒤진 것은 아니잖아. 그들의 머릿속에 '그래도 살 수 있다'는 희망 하나는 우리가 주자."

그녀는 쓰게 웃으며 입안의 껌을 바닥에 투잇 뱉어버렸다.

"그래야 가족끼리 공포에 떨면서 죽을 날만 기다리진 않겠지. '우린 그래도 살 수 있을 거야.' 그런 희망. 우리가 주자."

"선배. 또라이인 줄 알았는데, 진짜 못 말리는 씹또라이네요."

"각성자만 싸우냐? 우리도 싸운다. 씨발."

사내는 결국 포기한 듯 양 손을 들어 올렸다. 다시 카메라가 돌아간다. 사내가 그녀를 촬영하기 시작했다.

"국민 여러분 보이십니까? 국내 삼대 길드의 등장으로 서울 전역을 공포로 몰아넣던 괴수들이 하나 둘 쓰러져 나가고 있습니다. 희망은 있습니다! 삼대 길드는 약하지 않다는 것을 여러분에게 보여드리고 있습니다. 곧 미국의 세린디피티에서도…!"

콰아아앙!

그 순간 큰 진동이 일어났다. 그녀는 말을 끊고 시선을 돌렸다.

6m크기는 될법한 검은 색 털을 가진 늑대들이 각성자들을 향해 달려나가고 있었다.

그녀는 마른 침을 꿀꺽 삼키며 그 모습을 지켜봤다. 괴수들 사이를 비집고 튀어 나간 열 댓 마리의 늑대들이 순식간에 각성자들의 진열을 무너뜨리고 처참하게 그들을 뜯어먹기 시작했다.

거대한 방출계 능력이 날아가도 그들의 갑각을 뚫지 못

하고 있었다. 각성자들이 맥없이 쓰러진다. 눈 깜짝할 사이에 스무 명 이상이 죽어 나갔다.

마이크를 쥔 그녀의 손이 덜덜 떨렸다.

"오, 올 것이니… 국민 여러분은 안심하고… 믿으십시오."

그녀는 애써 웃었다. 사내는 카메라를 밑으로 돌리지 않았다.

그 처참한 광경을 사람들에게 보이고 싶지 않아서였다.

"좆같다. 나 아직 노처녀인데."

두려움을 떨치기 위해 그녀가 경련을 일으키는 얼굴로 웃었다.

"헐? 그 나이 먹도록 뭐 했어요?"

사내도 쓰게 웃으며 그 농담을 받았다.

"나랑 잘래?"

"살아서 돌아가면요."

"그래, 살아서 돌아가면. 우리나라가 견고하면. 그때 한 번 자자."

"근데 정말 노처녀예요?"

사내가 그녀에게 성큼 다가와 물었다. 그녀가 헛웃었다.

"미친, 그 소리를 믿냐?"

"하긴."

두 사람이 서글서글 웃었다. 어느덧 밑에서는 더욱 많은 각성자들이 죽어 나가고 있었다.

여인의 시선이 한 곳으로 돌아갔다.

그곳에 급히 도착한 스타렉스 차량이 있었다. 그 안에서 활인길드 사람들이 내리는 모습이 들어왔다.

"저 사람들 처리조 아냐?"

"어? 진짜 처리조 사람들이 여긴 왜?"

그들은 처리조의 스타렉스가 속속들이 도착하자 고개를 갸웃했다. 지금 보면 삼대 길드도 모든 인원이 오진 않았다.

그들도 사태의 심각성을 알고, 자원자들만 뽑은 것이 분명해 보였다.

그렇지만 처리조의 인원들은 꽤나 많아 보였다.

그들은 질서 있게 도망치는 사람들이 수월하도록 길을 터면서 통제를 하기 시작했다.

"씨발… 평소에 그 콧대 높은 강한 새끼들은 얼굴 한 번 안 비치네."

"저 사람들이 진짜 강자 아닙니까? 우리도 그렇고."

사내가 코를 씰룩였다. 그렇다. 진짜 한 사람이라도 더 구하기 위해서 처리조의 대부분의 사람들이 온 것으로 보인다.

그들은 각성자들 사이에서 무시받고, 멸시 받으며 손가락질 받는 자들 아니던가.

오늘만큼은 그들이 영웅이다.

"살아 돌아가면 너하고 자는 것보다 저 사람들 위주로 기사 한 번 써야겠어."

"그거 좋네요."

"처리조 인원분들한테로 카메라 돌려. 사람들 죽어 나가는 거 최대한 안 보이게 해서."

"돠저댓."

사내의 카메라가 홱 돌아갔다.

❖ ❖ ❖

활인길드 본부에서 사람들이 급히 빠져나간다. 지원? 아니었다. 모두가 오늘만큼은 가족의 품으로 가는 것이다.

그들을 지키러 가는 것이다. 정확히는 지금 당장 저 두려운 곳에서 도망치는 것이다.

중태와 일행은 묵묵히 스크린을 보았다. 자신들이 마지막 남은 희망이란다.

허나, 그리되지 않길 바란다.

"민혁이가 있다면 달라지는 게 있을까?"

그 말에 현인이 픽 웃었다.

"그 새끼야, 우리가 표현할 수 없을 정도로 강하니까. 뭐 계승인가 뭔가 한다면서 그 놈 오면 싸악 쓸어버리겠지."

그것이 자신들이 가지는 희망 밖에는 되지 않았다. 화면이 바닥으로 향했다.

카메라에 들어온 모습은 처리조의 인원들이 다급하게 사람들을 피신시키는 장면이었다.

길드의 밖으로 나서던 사람들이 하나둘 걸음을 멈추며 그 모습을 바라보기 시작했다.

"저 양반들…."

"씨발, 집에나 가서 가족들이랑 있지 뭐한다고 저길 기 어갔어."

"하여튼, 처리조 저 양반들 진짜. 쥐뿔도 없으면서…."

마지막 말에 중태의 혈관마크가 파팍 튀어나왔다.

"쥐뿔도 없지만 한 사람이라도 더 살리겠다고 간 거 아 닙니까!"

그는 강했지만 직급으로 보았을 때 높지 않았다. 그런 그 가 선배들에게 목소리를 높였다. 그는 한 사람 한 사람을 둘러보기 시작했다.

자신의 아버지도 저곳에서 싸우고 계셨다.

모든 이들이 최대한 사람들이 더 멀리 도망칠 수 있게 길 을 막고 있었다.

"약하면 또 어떻니까, 처리조면 어떻습니까! 우리는 숨 어서, 우리 가족만 생각하며 여기에 이렇게 있는데 저들은 당장 죽을지도 모르는데, 싸우고 있단 말입니다!"

"…우리도 알아, 씨발. 부끄러우니까. 쪽팔리니까. 그랬 어."

중태는 입을 앙다물었다. 사람들이 모두 고개를 숙였다. 모두가 멸시했던 자들, 모두가 코웃음 치며 '니들이 각성자 냐?' 라고 했던 이들이 무언가를 지키기 위해 저곳에 뛰어

들고 있었다.

"미안해, 여보. 나, 나 결국 안 되겠어. 사람들 구하러 갈
게."

한 사람, 한 사람 자신들의 휴대폰을 들고 전화를 하는
모습이 들어왔다.

"씨발, 처리조도 싸우는데…!"

처리조의 인원들이 그들에게 불을 지피기 시작했다. 그
들이 바삐 밖으로 나서 자신들의 차량에 오르고 있었다.

모두가 나약하다고 했던 처리조들이, 그들보다 훨씬 높
은 급의 각성자들을 움직이고 있었다.

"우리도 가자."

희망? 아니, 저들이 밀린다면 희망은 없을 지도 모른다.

자신들은 죽기에 이르다? 저곳에서 몇 살 안 된 어린아
이들도 죽어 나가는 마당이다.

막 몸을 돌리려던 중태의 걸음이 멈췄다.

익숙한 사람이 스크린에서 보였다. 자주 인사를 했던 분
이다.

바로 민혁의 아버지였다. 민혁의 아버지가 한 아이를
품에 안고는 서둘러 스타렉스 차량에 싣는 모습이 들어왔
다.

사람들을 실은 스타렉스 차량이 하나둘 출발하기 시작하
고 있었다.

그때에 화면이 크게 진동하면서 흔들렸다.

콰아아앙!

그 소리와 함께 검은 늑대 한 마리가 각성자들의 틈을 헤집고 처리조의 인원들을 향해 달려가는 것이 보였다.

❖ ✛ ❖

"빨리, 빨리! 빨리 움직이라고! 애들하고 여자들부터!"

강민혁의 아버지. 강무현은 입 안이 바짝 마르고 단내가 날 정도였다. 당장 쓰러질 것만 같았지만 멈추지 않았다.

아이 한 명을 차에 실은 뒤 다시 뛰어갔다. 부상을 입은 사내를 힘겹게 끌어올렸다.

"살아야 합니다. 버텨요! 집에서 가족들이 기다리고 있어요!"

"고맙… 습니다."

사내는 머리에서 한껏 피를 흘리고 있었고, 팔이 건물의 잔해에 뭉개져 흉측해져 있었다. 힘에 부치지만 무현은 그의 한쪽 팔을 목 뒤로 두르고는 한 걸음 한 걸음 힘겹게 떼었다.

그가 쓰러지자 다시금 이를 악물고 끌어올려 차에 실었다.

어느덧 무현은 피를 흠뻑 뒤집어쓰고 있었다.

"강 씨! 빨리 타! 병원으로 갈 거야."

"나는 됐어! 빨리들 돌아오라고. 부상자들이랑 아이들이 생각보다 많아!"

그가 그리 대답하자 다시 스타렉스 차량이 출발했다. 그는 주위를 둘러보았다.

누구를 실고, 누구를 데려가야할지 알 수 없을 정도로 많은 자들이 부상을 당했고, 많은 자들의 비명이 난무하고 있었다.

조금 앞에서는 각성자들이 파도에 휩쓸리듯이 죽어 나가고 있었다.

그의 휴대폰이 요란하게 울렸다. 아내였다. 그는 문자만을 남겨놓고 바로 이곳으로 왔다. 참 매정한 남편이라고 할 수 있을 것이다.

굳이 가지 않아도 되는데, 왜 그곳에 갔냐고 아내는 이해하지 못할 것이다.

그렇지만 한 사람이라도 더 살리고 싶었다. 자신 한 사람 목숨으로 세 사람을 살릴 수 있다면 그만이었다.

그것이 강무현이라는 남자였다.

"강민혁. 그놈은 몇 개월째 얼굴도 안 비추고."

무현의 눈앞으로 아들의 얼굴이 스쳐 지나갔다. 보고 싶다. 정말이지.

그러나 다행이라 여겼다. 저 끔찍한 참사 속에 아들은 없었으니까.

[콰르르!]

"흐이익!"

그의 시선이 홱 돌아갔다. 검은 늑대 한 마리가 자신과 같은 조의 사내에게 몸을 날리더니 그의 몸을 그 큰 입으로 뜯어먹고 있었다.

"이, 이보게!"

무현이 그를 향해 다가서려는 순간이었다. 늑대와 그의 눈이 마주쳤다. 그는 마른 침을 꿀꺽 삼켰다.

늑대가 이를 드러내면서 거칠게 울었다.

놈이 번쩍 점프하고 있었다.

그의 눈이 감겨졌다. 이 정도면 충분히 했다고 생각한다.

아내에게도, 아들 민혁이에게도 부끄럽진 않을 것이다.

'처리조 애비를 둬서 부끄러웠지? 아들?'

그는 쓰게 웃으며 그렇게 생각했다.

그때에 무언가 그 앞을 스치고 지나갔다.

푸슈유욱!

검은 늑대가 피를 흩뿌리면서 바닥에 쓰러졌다. 무현은 똑똑히 보았다.

하얀색 사제복 같은 옷을 입은 사내가 있었다. 그의 옷에 붉은 피가 파아앗 튀겼다.

사내가 고개를 돌렸다.

강민혁이었다.

"미, 민혁아…."

"아버지, 빨리 피하세요."

그는 다급해 보였다. 허나, 무현은 고개를 저었다.

"이놈아 네가 여길 왜 와! 도망쳐야지! 엄마 데리고 도망쳐야지!"

그는 성을 힘껏 내고 있었다. 민혁의 입이 다물어졌다. 그러면 아버지는요? 왜 여기 있는데요?

다른 사람들은 왜 여기 있죠? 왜 죽을 것을 뻔히 알면서도 여기에 있는 겁니까? 도망칠 수 있으면서, 조금이라도 더 목숨 부지할 수 있으면서.

"가라, 어서 가! 엄마한테 가거라."

그는 괴수들이 있는 곳 반대 방향으로 그의 등을 힘껏 떠밀었다.

"아뇨. 아버지."

민혁은 작게 웃었다. 본래 그의 아버지는 알코올 주정뱅이였다. 그렇지만 민혁이 되고 강무현이라는 아버지를 알게 되었다.

처음으로 가족의 온정을 느꼈다. 아버지란 이렇구나, 어머니란 이렇구나 알 수 있었다.

고마웠다. 그리고 미안했다.

허나, 이젠 밝혀야 할 때가 왔다.

"싸우겠습니다. 그리고 전."

그는 마지막 말을 흐렸다.

"당신이 아는 강민혁이 아닙니다."

그의 시선이 확 돌아갔다. 아버지는 마지막 그의 말에 눈이 휘둥그레 커졌다. 그의 뒷목을 가격한 민혁이 빛처럼 움직여 그를 안전한 곳에 조심스레 눕혔다.

"다녀오겠습니다. 아버지."

파아아앗!

그가 한 걸음 떼는 순간이었다.

각성자들 틈으로 난입한 검은 늑대들이 피를 흩뿌리면서 죽어 나가기 시작했다.

"뭐야!"

"헉!?"

"으읍…!?"

웨어울프라고 불리는 S-급 괴수들의 난입으로 인해 진영이 크게 흐트러지고 있던 때였다. 어떤 이는 놈이 입을 크게 벌리자 눈을 찔끔 감고 목이 뜯기길 기다렸다.

그런 그들의 몸으로 피가 파아앗 파아앗 튀면서 웨어울 프가 그 거대한 몸뚱이로 쿠웅 소리를 내면서 바닥으로 쓰러져 내렸다.

하얀 색 사제복, 아니 이젠 피로 붉게 물든 사제복을 입은 사내가 터벅터벅 삼대 길드를 등에 지고 앞으로 걸어나갔다.

"저 사람은 누구지?"

"시, 시크릿 에이전트?"

"그들이 온 건가!?"

누군가는 미국에서 지원군을 보냈다고 생각했다. 최강현을 제외하고 국내에서 저런 움직임을 보일 수 있는 사람은 더 이상 없었으니까.

그런 그의 고개가 살짝 옆으로 젖혀졌다. 그의 얼굴을 본 사람들은 경악했다.

"가, 강민혁이다!"

"강민혁!"

"혁!"

그들의 깜짝 놀란 목소리가 터져 나오기 시작했다. 곳곳에서 웅성거리는 소리가 터지고 있었다. 진영을 단숨에 망가뜨리고 혼란을 가중시킨 웨어울프 여덟 마리를 단숨에 죽인 사내는 얼마 전만 해도 TV속에서 임재혁을 때려눕히던 강민혁이란 젊은 청년이었다.

❖ ❖ ❖

"봤어!? 지금!?"

"네네, 봐, 봤어요."

헬기에서는 더욱더 그 장면이 생생하게 보였다. 한 남자가 눈에 보이지 않을만큼 빠른 속도로 사람들의 사이를 누비더니, 웨어울프들이 일제히 피를 흩뿌리면서 털썩털썩 바닥으로 쓰러져 나갔다.

최혜진의 눈이 가늘어졌다.

"가, 강민혁이잖아. 인재대회 우승자!"

"강민혁이요!? 아니, 아무리 인재여도 이게 말이 됩니까? 저 친구 그래봤자 A급이나 될 텐데…."

사내는 믿을 수 없다는 표정이었다. 그는 많은 각성자들을 카메라에 담아 본 적이 있었고, 그쪽 분야에 지식이 꽤나 많았다.

그 때문에 모습을 드러낸 괴수에게 삼대 길드가 맥없이 허물어지기 시작하자 A급 이상이라고 간파했다.

여덟 마리. 강민혁이 눈 깜짝할 사이에 사냥한 괴수의 숫자였다.

"만약 우리가 생각하지 못했던 일이 일어난다면…."

최혜진이 자신의 손톱을 질끈질끈 깨물었다. 밑에서 보여지는 각성자 중 그 누구보다 강민혁만큼 빠르지는 못했다.

지금 당장, 광폭 웨어울프와 싸우고 있는 최강현마저도.

"더욱더 희망은 커지지 않을까?"

강민혁이란 청년이 남다른 움직임을 보여줬다고 해서 상황이 역전될 것이라는 생각을 혜연은 갖지 않았다.

시크릿 에이전트 한 사람이 와도 감당하지 못할 것이다. 그리고 여전히 숨 죽여 고층빌딩 위에 서서 이 처참한 광경을 내려다보는 화이트 드래곤.

희망이 커진다일 뿐이지. 변하는 것은 없을 것이라는 게 최혜진의 생각이다. 그래도.

"만약 강민혁이라는 친구가 우리의 예상을 깨는 모습을 보인다면 화면에 담자, 우리나라에 저 정도의 강자가 숨어 있다고. 우리나라의 각성자가 괴수들 때려잡는 거 봤냐고."

방금 전의 번개 같은 움직임이라면 국민들이 작은 실낱 같은 희망 하나를 더 잡을 수 있을 것이다.

❖　✦　❖

"강…민혁…."

오혁수는 그의 이름을 곱씹었다. 얼마 전 S-급으로 승급한 그였다. 허나, 방금 전 그가 보인 춤사위는 믿을 수 없을 정도로 빨랐다.

이길현이 식은땀을 흘리며 어색한 표정으로 웃었다.

"대장님. 제가 한 번 생각을 해봤는데 말입니다. 과연 마족 사태 때, 놈이 지 혼자서 퍼엉 터지면서 뒈졌을까요?"

오혁수는 그를 돌아보았다.

아니, 사실 자신도 의문을 가지고 있었다.

"누군가 마족을 죽이고 저희를 구하지 않았나 싶었습니다. 그런데, 그 누군가가 정말 말도 안 되는 사람이라 계속 의문이었습니다. 그 누군가는 제 밑에서 훈련을 받았고, 그가 던전들을 깨러 다닐 때만 해도 급이 저보다 낮았거든요."

오혁수는 고개를 한 번 끄덕이며 마른 입술을 혀로 핥았다.

"정말이지 말도 안 되는 말이지만 놈이 다시 나타난 시점을 기반으로 마족이 뒈졌고, 마카오 지부가 무너졌으며 하우쉔이 죽었습니다. 그리고 그 놈이 방금 전 웨어울프 여덟 마리를 눈 깜짝할 사이에 죽였습니다."

"그렇지."

오혁수도 그렇게 의문을 품고 있었으니까. 하지만 너무나 말도 안 되는 이야기라, 설마 했었다.

그렇지만 눈앞에서 그것이 현실이 되고 있었다.

"대장님이 생각하는 그 사람도 강민혁이지요?"

그는 끄덕이는 것만으로 답했다.

"저 새끼는 매일 나타날 때마다 우릴 놀래켜줍니다."

오혁수도 동감한다. 그렇지만 상대가 너무 나쁘지 않은가. 방금 전 그 움직임을 보았지만 과연 앞의 괴수들을 막을 수 있을까?

"정말 혹시나 기적이 일어난다면. 저 새끼가 존나 강했으면 좋겠습니다."

이길현은 말 도 안 되지만, 기적을 운운했다. 오혁수도 고개를 끄덕였다. 그 순간이었다.

광폭 웨어울프와 격전을 벌이던 최강현이 삐걱였다. 광폭 웨어울프는 웨어울프를 이끄는 우두머리 격이다. 그 급은 S+급으로 추정되며 현재 폭주 상태에 이르른 것으로 보였다.

놈이 광폭 웨어울프라 불리는 이유는 하나다.

놈이 포효하는 순간, 땅이 지진을 일으키기 때문.

[크와아아아!]

삐긋한 최강현을 향해 광폭 웨어울프가 그 성난 이빨을

드러내며 달려들고 있었다. 최강현이 미간을 찌푸렸다.

놈은 분명히 자신보다 낮은 급의 괴수다. 허나, 등 뒤로 피해가 가지 않게 최대한 조심스럽게 싸운다는 것. 앞에서 몰려오는 괴수들을 처리하면서 놈을 상대한다는 것은 만만치 않은 것이었다.

그가 자신을 향해 거대한 아가리를 벌리는 놈을 보면서 입술을 질근질근 씹었다.

❖ ❖ ❖

모두의 얼굴로 절망이 얼룩졌다. 최강현마저 죽는다면 현재 겨우겨우 붙들어 맨 방어진마저도 깨질 것이다.

광폭 웨어울프가 난입하는 순간, 아수라장이 될 것이 불보듯 뻔하다. 또한, 13인의 퍼스트 클래스를 잃는다.

그것은 말로 형용할 수 없을 정도의 피해다.

그때에 누군가 앞으로 나섰다. 모든 길드원들을 등지고 앞에서 묵묵히 서 있던 강민혁이었다.

바람처럼 움직인 그의 손이 어느덧 광폭 웨어울프의 위아래의 입을 붙잡고 있었다.

"괜찮냐?"

최강현이 그를 확인하고는 눈을 크게 떴다, 그가 한숨을 내뱉었다.

"이게 괜찮아 보입디까? 이 아즈씨야?"

"말하는 꼬라지 하고는. 걱정 마라. 내가 돌아왔다."

민혁의 입이 비틀어져 올라갔다. 최강현은 그 말의 뜻을 알았다. 그가 엄지손가락을 뒤를 가리켰다.

"지금 당장 삼대 길드 전부 뒤로 빠지라 명령해라."

[콰르르르!]

입이 붙잡힌 놈이 둘이 대화를 나누는 틈에도 빠져나가기 위해 몸을 비틀어 대고 있었다. 흘끗 고개를 돌린 민혁이 다시 강현을 돌아봤다.

"입 냄새 존나 나는군. 최대한 신속히 뒤로 빠지라고 해. 알겠어?"

"알겠습니다. 그보다 정말 괜찮겠습니까?"

"코리안 나이트 앞에 적 따위가 있더냐."

코리안 나이트.

오랜만에 들어보는 그 이름. 최강현은 고개를 끄덕였다. 그가 발 빠르게 몸을 돌렸다.

사람들은 경악에 찬 눈으로 강민혁을 보고 있었다.

광폭 웨어울프를 마치 어린 강아지의 주둥아리를 잡고 있는 것처럼, 민혁은 편해 보였다.

[콰아아악!]

"지진 일어난다. 좀 닥쳐라."

그 순간, 민혁의 양팔에 굳은 힘이 들어갔다. 우지직 거리는 소리와 함께 광폭 웨어울프의 입이 찢어지며 턱뼈가 와스슥 분리되어 나갔다.

그 다음엔 그대로 괴수들이 있는 곳으로 던져 버렸다. 자그마치 8m크기는 될법한 놈을.

"삼대 길드 모두 뒤로 빠져라. 명령이다."

"무슨 소리냐. 최강현."

화랑길드 김두길이었다. 오른 팔 하나가 없는 그는, 어느덧 S+급의 경지에 올라 있었다. 강현이 엄지로 뒤를 가리켰다.

"저분이 알아서 할 것이다."

"강민혁… 무슨 개소리를."

방금 전 그도 보았다, 광폭 웨어울프의 아가리를 찢고 던져버리는 그를. 그렇지만 저 많은 놈들을 혼자의 힘으로 하겠다고?

자신이 아는 사람 중 그럴 수 있는 자는 딱 한 사람이었다. 자신의 목숨을 한 번 빚지게 했던 자.

그렇지만 그 은혜를 더 이상 갚을 수 없게도, 이 세상 사람이 아니게 된 자.

최강현의 말을 듣는 김두길의 눈이 크게 떠졌다. 그는 한 글자 한 글자, 또박또박 말했다.

"코리안 나이트. 염인빈님의 귀환이시다."

"무, 무슨…!"

김두길의 미간이 좁혀졌다.

"나 최강현이 명령한다. 지금부터 모든 이들은 뒤로 빠지고 괴수와의 격전을 중단하라! 인명구조에만 힘써라!"

그의 명령에 사람들은 웅성거렸다. 무슨 황당한 말을 그가 하고 있는 것인가. 저 괴수들을 두고 그냥 물러나라고?

최강현이 오른손에 쥔 권총의 총구가 하늘 높이 올라갔다. 방아쇠를 당겼다.

타아앙!

모두의 이목이 집중 된 가운데. 그가 입을 비틀어 올리며 소리쳤다.

"코리안 나이트! 염인빈님의 귀환이시다아아아!"

그의 쩌렁쩌렁한 목소리를 들으면서 민혁의 입 한 쪽 꼬리가 올라갔다.

모두가 자신들은 꼼짝없이 죽을 것이라고 생각하고 있던 때였다.

희망.

기적.

그게 바로 그들에겐 강민혁이 될 것이다.

높은 고층빌딩 위에 선 화이트 드래곤. 놈은 피부가 새하얗고, 머리카락 또한 하얀 여인의 형상을 하고 있었다.

놈이 민혁을 흥미가 동한 표정으로 바라보더니 손을 뻗었다.

민혁. 정확하게는 삼대 길드를 등지고 있는 곳으로 그녀의 손에서 압축 된 강한 힘이 쏘아져 들어오고 있었다.

그 어떤 방출계 각성자도 사용하지 못할 강한 능력이었다.

능력에 휩쓸리는 순간 삼대길드의 반 이상이 죽어 나갈 것이라는 게 그들의 추측이었다.

"넌 마지막에 죽일 건데, 왜 벌써부터 깝치지?"

민혁은 빌딩 위에 선 그녀를 올려다보았다. 두 사람의 눈이 마주쳤다. 피식 웃은 민혁의 발이 타탓 빠르게 움직였다.

푸른 빛을 띠는 쏘아져 오는 강한 힘을 향해 그가 번쩍 뛰어올랐다. 그의 발이 그 힘을 향해 휘둘러지는 그 순간이었다.

화아아아악!

바람에 흩어지듯, 놈이 뿜어낸 강한 능력이 공기 중으로 흩어져 사라졌다.

"넌 거기서 대기하고 있어. 곧 죽여줄 테니."

민혁의 등 뒤에선 이들의 표정은 하나 같이 경악이었다. 말 도 안 되는 일이 눈앞에서 벌어지고 있다.

최강현의 말처럼, 흡사 코리안 나이트. 염인빈이 돌아온 것만 같은 모습이었다.

후우웅!

후우우웅!

후우우웅!

후우우웅!

죽은 자들의 수많은 차크라가 인피니티 건틀릿으로 스며들기 시작했다. 마족 사태에 비해서 월등히 많은 양이었다.

죽은 자들이 많다. 괴수들도 꽤나 죽었다. 이 놈들의 힘을 전부 모으면 작은 나라 하나 정도는 날릴 수 있을 것이다.

허나, 그것보단 앞을 막아선 놈들이 먼저다.

촤아아앗!

민혁의 주위로 수 백여 개의 붉은 단도가 만들어지고 있었다. 사람들은 허공에 별을 놓듯 수놓아진 단도들을 보면서 하나 같이 입을 벌리고 있었다.

"아직 확실하진 않다."

그는 누군가에게 들으라는 듯 눈을 가라앉혔다.

"그렇지만 이 존재들을 이끈 자가 있을 것이라 생각한다."

그는 허공에 대고 중얼거리고 있었다. 그의 눈이 매섭게 치켜떠지면서 팔을 휘리릭 움직였다.

"찾아서 죽여주마."

그와 함께 허공에 수놓아진 붉은 단도들이 움직이기 시작했다.

콰아아앙!

콰아아아앙!

붉은 별과 같은 단도들이 빠르게 괴수들을 향해 날아가면서 놈들의 목을 꿰뚫고 있었다.

그 힘은 놀라우리만치 강했다.

천둥 원숭이는 SS-급의 괴수다. 예전에 한 번 시카고

쪽에서 웨이브로 놈이 풀려서 5천여 명의 사상자를 내게 만들었던 놈이다.

놈의 목이 단숨에 뚫리며 퍼엉하고 터져나갔다.

거대한 형태의 도마뱀의 얼굴을 한 괴수. SS급의 괴수로 추정되며 얼마 전 미국의 뉴욕에서 줄리안 무어가 사냥한 괴수다. 거대한 해일을 만들어내는 놈도 단숨에 목이 꿰뚫렸다.

S급, SS급, 그 이상까지도.

모조리 죽어 나가고 있었다.

수십 마리가 넘는 괴수들이 일제히 한 사람에 의해서 퍼엉퍼엉! 터지면서 죽어 나간다.

대한민국은 끝났다.

역사 속으로 사라질 것이다.

모두가 예상했을 만큼 강한 괴수들이 단 한 사내의 손에 의해서 무너지고 있었다.

아직 살아남은 괴수들을 향해서 그가 몸을 날렸다.

콰직!

주먹 한 번에 하늘이 진동하는 것 같았고.

퍼억!

발길질 한 번에 땅이 흔들렸다.

그리고 번쩍이며 그는 주위를 빠르게 훑었다.

인명구조에 힘쓰던 길드원들이 한 사람에게 집중하고 있었다.

강민혁. 바로 그였다.

"코, 코리안 나이트…."

"염인빈이 돌아왔다."

"그가 돌아왔다!"

최강현의 말이 그저 개소리라고만 생각했던 사람들이 하나 둘 실감하기 시작했다. 저자의 움직임은 염인빈 그자 같았다.

모습은 달랐지만 그 못지않았다. 사용하는 능력은 예전과 달랐지만 분명하다.

그는 코리안 나이트 염인빈이었다.

"네놈."

흙먼지가 자욱했다. 그 틈에서 민혁이 번쩍 허공으로 날아올랐다. 그의 시선이 여인의 형상을 한 화이트 드래곤과 마주쳤다.

"누가 보냈느냐."

그녀는 답하지 않았다.

민혁을 향해 일직선으로 쭉 펴진 손날을 치켜세우며 공격해 올 뿐이었다.

파팟! 파팟!

허공에서 두 사람의 손이 부딪쳤다.

모두의 이목이 집중되어 있었다.

인간 한 명이, 화이트 드래곤에게 밀리지 않고 싸우고 있었다.

아니, 그를 압도하고 있었다.

콰아앙!

뒤로 젖힌 주먹을 힘껏 내리치자 화이트 드래곤이 땅에 처박혔다. 흙먼지 속으로 사라진 그녀는 곧 이어 거대한 드래곤으로 폴리모프했다.

[키에에엑!]

그녀가 높이 치솟아 오르고 있었다.

"그래, 네 새끼들은 그런 모습이 어울리지."

민혁이 이죽이며 웃었다. 놈이 자신을 향해 그 입을 벌렸다. 와이어를 쏜 민혁이 부드럽게 미끄러지면서 피해냈다.

[인간 따위가!]

그녀의 포효. 게티에게도 말한 것 같다. 인간은 나약해 보이지만 가장 강한 존재다. 이 병신 같은 새끼들이 무시하고는 하는데, 또 보여줘서 입증하면 된다.

"그놈의 아가리 좀 열지 말지? 냄새나니까."

쓰게 웃은 민혁이 그녀의 꼬리를 잡아챘다. 말도 안 되는 괴력이 그녀를 바닥으로 쳐 박아 버렸다.

쿠우우웅!

최대한 인명피해가 나지 않게 민혁은 조심하고 있었다. 그렇지 않았다면 놈은 벌써 자신의 손에 아작 났을 것이다.

파앗!

민혁이 땅을 박차고 그녀에게 날아갔다. 정신을 차린 그녀는 자신의 코앞에 다다른 그를 보아야만 했다.

❖ ✛ ❖

세린디피티의 애드거 앨런은 이마에 손을 짚고 있었다. 줄리안 무어의 앞을 뒷짐을 진 수 십여 명의 길드원들이 막고 있었다.

"가야 한다고요! 마스터!"

"이미 서울은 날아갔을 거야."

그는 고개를 저었다. 두 시간이 훌쩍 지났다. 그 정도의 괴수들이라면, 화이트 드래곤이라면 이미 서울은 불바다가 되었을 것이다.

"이번에는 절대로 허락할 수 없다. 무어. 워프존은 승인하지 않겠어."

그녀가 아무리 그곳으로 넘어가려 해도, 그러기 위해선 워프존이 필요했다. 워프존이 승인나지 않으면 그녀도 그곳으로 갈 수가 없었다.

"서울만이다. 서울만 희생하자고. 지금 발 빠르게 각 국가에 협조를 요청하고 있다. 13인의 퍼스트 클래스를 모으고, 비밀 속에 감춰진 시크릿 에이전트를 끌어올 것이다. 그 다음에 대한민국으로 가서 그들을 돕는다."

"그때면 이미 지옥이 되어 있을 걸요?"

그녀의 말도 사실이었고, 애드거 앨런의 말도 합당한 것이었다. 한 사내가 다급하게 집무실의 문을 열고 들어왔다.

"마, 마스터…!"

애드거 앨런은 눈을 감았다. 오재원. 그리고 대한민국. 동맹국이었고, 밑 보이는 짓을 많이 했던 곳이지만 자신들도 그들을 분명히 아꼈다.

특히나 활인길드.

그들의 물러서지 않는 강단이 마음에 들었고, 오재원과 마찰도 자주 있었지만 친구와 같은 자이다.

그들은 죽었을 것이다.

아마 사내는 그 사실을 전하려고 왔겠지.

하지만 사내는 전혀 다른 말을 하고 있었다.

"대한민국에서 화이트 드래곤을 사냥하고, 괴수들을 모두 죽였다고 합니다."

"그래, 서울 한복판이 모두 불바다가… 뭐?"

그의 미간이 꿈틀거렸다. 자신도 모르게 벌떡 몸을 일으켰다.

애드거 앨런의 눈이 사나워졌다. 장난을 칠 기분이 아니다. 그는 허리춤의 검으로 손을 뻗었다.

"네놈이 감히…."

자신을 능멸하려고 한다고 생각했다. 스르르, 검이 반쯤 뽑혔을 때였다. 그는 다시 한 번 소리쳤다.

"코리안 나이트 염인빈! 그자가 돌아왔다고 합니다."

"도대체 무슨 개소리를 하는 것이냐!"

결국 참다 못 한 애드거 앨런이 검을 뽑아 사내의 목에 겨눴다. 소식을 전하려던 사내는 깜짝 놀라 눈을 휘둥그레 떴다.

줄리안 무어의 얼굴은 사색이 되어 있었다. 누가 돌아왔다고?

"지금 뭐라고 했지?"

그녀가 되물었다.

"코리안 나이트 염인빈이 돌아왔단 말입니다!"

"염인빈은 분명히 마족 사태 때…."

"이 영상을 보십시오. 지금 대한민국에서 전파를 탄 영상입니다."

사내는 부들부들 떨리는 손으로 서둘러서 품속의 휴대폰을 꺼내어 애드거 앨런에게 넘겨주었다.

애드거 앨런의 눈이 경악으로 물들었다.

앳되어 보이는 청년이 있었다. 스물한 살, 스물두 살 정도? 그 사내가 화이트 드래곤을 해체하고 있었다.

말 그대로 해체였다. 꼬리를 절단하고, 머리를 잘라내며, 몸 전부를 끔찍하게 해체하고 있었다.

그 주위에 비추어지는 풍경은 더 충격적이었다. 괴수들이 하나 같이 바닥에 피를 흩뿌리며 쓰러져 있었다.

"강민혁…?"

화이트 드래곤을 해체한 사내가 홱 고개를 틀었고, 때마침 영상에 정면으로 잡혔다. 줄리안 무어가 입을 막고는 눈을 크게 떴다.

한 번 본 적이 있다. 미혜가 자신이 좋아하는 사람이라면서 함께 찍은 사진을 보여주었었다.

그 당시의 청년의 얼굴은 정말 찍고 싶지 않다는 듯한 표정이었다.

그랬기에 더욱더 머리에 남았고, 미혜가 사랑하는 사람이기에 더 잘 기억하고 있었다.

"강…민…혁."

"…강민혁?"

애드거 앨런이 미간을 찌푸렸다. 들어본 적이 있다. 오재원에게.

"스핏파이어. 최강현이 외쳤답니다. 코리안 나이트. 염인빈이 돌아왔다고."

"그러고보면 최강현은 발록이 돌아온다고 목소리를 높이고 있지… 대체 일이 어떻게 돌아가는 건지."

머리가 복잡하기 그지없다. 애드거 앨런이 이마에 손을 짚었다가 빠르게 안정을 찾았다.

"다시 한 번 정확하게 서울의 현황을 확인해라."

그는 명령을 내리면서도 믿기질 않았다. 대한민국에 염인빈이 다시 나타났다?

❖ ✝ ❖

1시간 전.

"믿을 수 없어…."

"말도 안 돼."

헬기 위에 함께 선 최혜진과 사내는 믿을 수 없다는 표정을 짓고 있었다. 화이트 드래곤이 맥없이 무너져 내리고 있었다.

강민혁은 바람처럼 빨랐고, 물처럼 부드럽게 놈의 능력을 모두 상쇄시키고 있었다. 그의 주먹 한 번 한 번에 화이트 드래곤의 사지가 움푹 패이면서 피가 푸와악 터져 나왔다.

어느덧 사제복에서는 젖은 빨래에서 물이 떨어지듯 피가 뚝뚝 떨어지고 있었다. 그는 화이트 드래곤을 해체하기 시작했다.

해체 된 화이트 드래곤은 아주 값비싸게 세계로 팔려나갈 것이다. 죽은 사람들을 다시 되살릴 수는 없지만 무너진 빌딩과 건물들의 피해만큼은 뽑을 수 있을 것이다.

푸와아악!

마지막 놈의 머리를 해체하여 한쪽에 던져버린 민혁이 한 손으로 머리를 우둑 풀었다.

"국민 여러분 보이십니까! 인재대회에서 우승을 했던 강민혁이 주변의 모든 괴수들과 화이트 드래곤을 사냥했습니다! 그리고 믿을 수 없는 이야기가 스핏파이어 최강현의 입에서 흘러나왔습니다!"

최혜진 리포터의 말을 카메라를 통해 영상을 담는 사내도 함께 중얼거렸다.

"코리안 나이트. 염인빈이 돌아왔다!"

"코리안 나이트… 염인빈이 돌아왔다."

"국민 여러분, 이렇게 우리는 또 한 번의 시련을 이겨내었습니다. 강한 나라, 굳건한 대한민국!"

최혜진은 가슴이 복받쳐 오르는 것을 느꼈다. 염인빈이 사라지고 다시 대한민국은 다른 나라들에 채이기 시작했다.

허나, 자신이 염인빈이다라고 밝힌 강민혁. 그가 정말 염인빈일지는 모른다. 사실 개소리일 거라는 생각이 더 강했지만. 그는 염인빈만큼의 저력을 분명히 보여주었다.

"우리 대한민국은 또 다시 비상할 것입니다!"

그녀는 눈물을 훔쳐내며 그렇게 외쳤다.

해체된 화이트 드래곤의 시체와 괴수들을 둘러보는 삼대 길드 인원들의 표정은 경악 그 자체였다.

민혁이 한 걸음 한 걸음 그들 앞으로 걸어갔다.

모두가 움찔움찔거렸다. 그의 모습이 워낙 흉흉해서였다. 얼굴과 몸, 전체에 괴수의 피를 흠뻑 뒤집어쓰고 있었다.

타타탓!

단 몇 사람만이 그를 향해서 뛰어갔다. 중태 일행이었다. 미혜가 서둘러 손수건을 꺼내어 그의 얼굴에 묻은 피를 닦아내려 했다.

민혁은 그녀의 손목을 잡았다.

"괜찮아."

그렇게 말하며 그 손을 걷어냈다. 이제 이 사람들에게 자신이 염인빈이다라는 사실을 확실히 밝혀야 할 때였다.

"코리안 나이트. 나는 염인빈이다."

민혁의 입이 열리자 집중하던 사람들이 웅성거리기 시작했다. 미혜와 중태, 다른 일행들의 얼굴도 모두 사색이 되어 있었다.

그가 한 발언은 결코 작은 것이 아니다.

스스로 '염인빈'이라 밝혔다. 물론 그가 방금 전 보인 신위는 그라고 해도 믿을 정도로 뛰어났다.

그렇지만 그 이름과 자신의 이름을 빗댄다는 것은 어쩌면 사회적인 큰 파장을 일으킬 수 있는 것이었다.

'염인빈…?'

미혜의 눈은 유독 다른 이들보다 크게 떨리고 있었다. 그리고 곧 이어, 사람들은 염인빈이다라고 밝힌 그를 뒤로하고 박수를 치기 시작했다.

짝 짝짝짝!

한 사내가 치기 시작한 박수는 모두의 박수로 변하기

시작했다. 그가 개소리를 지껄이든 아니든, 일단은 그로 인해 살아남을 수 있었다.

또한, 그가 보여준 신위는 앞으로도 영원히 그들의 머릿속에 각인될 것이었다.

헬기 위에서 그 장관을 내려다보는 최혜진도 박수를 치고 있었다. 사내가 쓰윽 다가와 자신의 팔을 두르는 것을 보고는 미간을 찌푸렸다.

"선배, 저희 약속 잊지 않았죠?"

그의 음흉한 미소에 그녀가 그 돼지 같은 얼굴을 손으로 밀어버렸다.

"싫어, 이 새끼야!"

"와, 언제는 같이 잔다면서!"

"화장실 들어갈 때하고 나올 때 하고 같냐? 어디서 선배 몸에 손을 대, 개 빠져 가지고."

말은 그렇게 하며 고래고래 소리를 치고 있었지만 최혜진의 얼굴은 안도감으로 차 있었다. 사내도 마찬가지였다.

오늘 무사히 살아남았다. 강민혁이라는 청년 덕분에.

2. 정리

NEO MODERN FANTASY STORY

RAID

신의 탄생

레이드

NEO MODERN FANTASY STORY

꿀꺽꿀꺽!

오재원의 목젖이 크게 왔다갔다 움직였다. 시원한 냉수 한 잔을 들이킨 그가 거칠게 테이블 위에 올려놓고는 이수현을 노려보았다.

이수현은 시선을 홱 돌렸다. 재원의 시선이 다시 돌아갔다. 그곳엔 강민혁이 앉아있었다.

"코리안 나이트. 나는 염인빈이다. 등장 한 번 화려하군."

오재원은 뻐근한 뒷목을 어루만졌다. 머리가 복잡하다. 생각이 가득 차 있었다. 깨어나자마자 그가 들은 소식은 강민혁이 서울 한복판을 장악했던 괴수들을 모두 죽였다는 것이었다.

화이트 드래곤마저도. 그의 등장은 오재원에게는 매우 달가운 것이었다. 또한, 그가 화이트 드래곤과 다른 괴수들을 모두 사냥했다는 것 역시 기쁘기 그지없었다.

그렇지만 오늘 하루 죽어 나간 이들이 7만 명 가까이 되며 삼대 길드가 입은 피해도 만만치 않았다.

도대체 이런 일이 왜 발생하는 걸까.

"일단은 백룡을 족쳐봐야지."

민혁이 눈을 날카롭게 했다. 오재원이 픽 웃으며 담배를 입에 물었다. 강민혁이 쳐들어가면 이제 백룡 길드는 발칵 뒤집어질 것이다.

허나, 문제는 다른 곳에 있었다. 귀수들이 세계 곳곳에 포진되어 있다는 사실인데, 놈들의 마스터의 얼굴은 알려져 있지도 않았고, 어디에 있는지도 확인되지 않았다.

현재 백룡보다는 귀수가 더욱 위험하다고 판단되는 상황. 만약 정말 귀수나 백룡이 이번 일과 연관이 있다면 쉽게 움직이기도 껄끄럽다.

이유는 간단하다.

그들이 이번과 똑같은 일을 행할 수 있다면, 그들은 보복을 할 것이다. 우리나라에. 그것은 분명한 사실이었다.

많은 자들이 죽을 것이다. 허나, 그렇다고 가만히 눈 뜨고 지켜볼 수는 없었다.

최대한 신속하게 귀수의 마스터의 종적을 쫓고, 그를 제거하는 게 맞았다. 필요하다면 백룡 길드의 류신마저도.

"발록이 돌아오는 건 사람들이 아나?"

"씨알도 안 먹히더군. 네 존재 자체를 감추고 그 사실을 말한다는 게 영향력이 있기나 하겠어? 또 이번에도 봤겠지만 지들만 살겠다고 지원 한 번 안 왔어."

물론 그들이 어떤 생각이었을지는 알았다. 아무리 동맹국이어도 자신들의 국가부터 살려야 하는 것이니까.

또한 13인의 퍼스트 클래스든, 시크릿 에이전트든 그들은 소중한 자신들의 국력과 마찬가지였으니까.

"역시 내가 통합해야겠어."

"어떻게?"

"뻔하잖아. 안되면 힘으로 눌러야지."

지금 사태가 사태였다. 당장, 발록이 돌아올 날이 얼마 남지 않았다. 물론 그때 자신이 들은 것은 놈의 전음 뿐이었다.

허나, 그 전음이 사실이라면 이번에 대한민국이 입었던 피해보다 더 큰 피해를 볼 수 있을지도 모른다.

거기에 군사들까지 대동된다면 어떠한 상황이 벌어질지는 아무도 예측할 수가 없었다.

그때에 노크 소리가 들렸다. 민혁은 침을 꿀꺽 삼켰다. 긴장되었던지 그는 옷매무새를 추슬렀다.

"들어와."

오재원의 말과 함께 안으로 미모의 여비서가 민혁의 부모님 두 분을 모시고 들어오고 있었다.

민혁은 조심스레 몸을 일으켜 두 분에게 정중히 상체를 90도로 숙였다.

❖ ✥ ❖

목이 메여왔다. 오재원은 이수현, 최강현과 함께 밖으로 나서버렸다. 자신을 바라보면서 이해할 수 없다는 듯 미간을 찌푸리는 두 분을 보면서 그는 물 한 모금을 목구멍 뒤로 넘겼다.

이야기를 시작했다.

"저는 코리안 나이트라고 불렸던 염인빈입니다. 마족 사태 때 죽었었고, 깨어났을 때는 이 강민혁이란 아이의 몸이었습니다."

"말도 안 되는 소리 하지 말거라."

아버지는 고개를 저으셨다. 민혁은 쓰게 웃었다.

"이상하지 않으셨습니까. 만년 꼴찌였던 제가 갑자기 전교에서 1등을 하고 성격이 분명히 변했었을 텐데요."

아무리 자신이 강민혁인 척 위장하려 해도 안 되는 건 안 되는 거였다. 특히나, 자신은 강민혁의 기억을 고스란히 가지고 있던 것은 아니었다.

그 때문에 분명히 이해할 수 없는 행동을 두 분에게 보여 드렸을 것이다. 어머니가 입술을 질끈 깨물었다.

그야, 그렇지만 아들의 모습을 하고 있었으니까. 의심은 했지만, 분명히 자신의 아들이 맞았으니까.

"만년 꼴찌였던 제가 갑자기 주목을 받기 시작하고, 인재대회에서 우승을 했습니다. 뵐 때마다 덧없이 강해진 모습으로 두 분을 찾아뵈었습니다."

아버지는 손이 파르르 떨렸다. 힘겹게 찻잔을 쥔 그의 팔이 떨렸고 그 안의 커피도 함께 출렁거렸다.

"강해져야만 했습니다. 우리나라에 다시 마족 사태 때와 같은 일이 발생할 것입니다. 어쩌면 세계에는 더욱 큰 재앙이 들이 닥칠 지도 모릅니다. 그리고 보셨겠지만, 전 염인빈일 때만큼의 힘을 찾았습니다."

그는 주먹을 천천히 앞으로 뻗었다. 어쩌면 그것은, 더 이상 당신들이 생각하던 강민혁이 아님을 밝히는 것일지도 몰랐다.

"그렇다면 우리 아들은…."

아버지의 말에 민혁의 입이 한참이나 열리지 않았다. 답답한 그가 헛기침을 크게 했다.

"아마 죽었을 겁니다."

그는 씁쓸한 표정을 지었다. 두 분이 서로를 돌아보았다. 어머니가 자신의 가슴을 한 손으로 쥐었다.

아버지는 먼 허공을 응시하고 계셨다.

"어떠한 보상이든지 해드리겠습니다. 이 아이의 몸이 없었다면 오늘 강민혁이 없었다면 대한민국뿐만이 아니라 세계의 많은 이들이 죽어 나갔을 겁니다."

알고 있었다. 그들이 자신을 인정하지 않을 것을. 강민혁이 아니라 염인빈이다라고 밝히면 자신은 처음으로 부모의 온정을 느끼게 해주었던 두 사람을 잃게 된다는 것을 알고 있었다.

때문에 두렵기도 했었다. 두 분을 잃는다는 것이, 그저 강민혁으로 살고 싶었던 마음이 있었던 것도 사실이었다.

그는 천천히 몸을 일으켰다. 크게 절을 하고는 몸을 돌렸다.

등 뒤로 어머니의 흐느끼는 소리가 들렸다. 흘끗 고개를 틀자 아버지의 주먹이 불끈 쥐어져 부르르 떨리고 있었다.

어쩌면 자신은 그들에게서 자식을 빼앗아간 약탈자에 지나지 않을지도 모른다. 민혁은 가슴이 지끈거리는 것을 느꼈다.

밖으로 나서자 민혁이 한숨을 뱉었다.

일이 겹친다.

그의 앞으로 성큼성큼 걸어오는 금발의 미녀가 있었고, 그 뒤로 애드거 앨런이 있었으며 중태 일행이 함께 그를 바라보고 있었다.

"무어."

후우웅!

그가 낮은 목소리로 그녀를 부르는 순간이었다. 코앞으로 다가온 무어가 손바닥에 힘을 굳게 쥐고는 그의 뺨을 후려 치려 했다.

살짝 고개를 젖혀 피해낸 민혁이 그녀의 손목 하나를 잡아챘다. 무어의 눈이 분노로 물들어 있었다.

"네깟놈이 감히 누구를 사칭해!"

가슴에 묻으려 하는 이름이었다. 자신이 사랑하는 사람이었다. 강민혁의 무시 못 할 신위는 분명히 영상을 통해서 똑똑히 보았다.

그렇지만 그것이 현실적으로 가능한 일일까?

미혜는 입을 막고 있었다. 중태와 다른 아이들은 작게 한숨을 쉬고 있었다. 부정하는 무어와 다르게 그들은 그 말이 사실이라고 짐작하고 있었다.

X-32던전의 공략법을 알고 있었고, 계란을 띄우는 훈련을 한 번에 해냈다. 항상 누구보다 빠르게 위로 올라섰고 2년이라는 시간이 채 되지 않아서 누구도 쫓을 수 없을 정도의 실력을 갖추었다.

던전을 자신들과 함께 들어갈 때마다, 노련한 지휘자처럼 자신들을 가르쳤다.

특히, 오중태나 김미혜는 더욱더 그 말이 와 닿았다.

그가 염인빈이다.

그가 강민혁의 몸으로 다시 태어났다. 이제까지 그가 보여주었던 모든 모습들을 종합해보면 차라리 그리 생각하는 것이 더욱 현실적이었다.

여전히 무어는 죽일 듯이 민혁을 노려보고 있었다. 그녀의 목에 걸린 십자가가 달린 목걸이를 본 그가 생긋 웃었다.

"항상 품속에 가지고 다니면서 꺼냈다 넣었다 반복하더니."

줄리안 무어의 눈이 휘둥그레 커졌다. 그녀의 몸의 힘이 타악 풀리고 있었다. 민혁이 그녀를 부축했다.

"말했잖아, 무어. 지키겠다고."

그녀의 입술이 파르르 떨렸다. 어떻게 보아도 염인빈의 모습이 아니었다. 그렇지만 그는 염인빈처럼 말하고 있었고, 염인빈처럼 기억하고 있었다.

"너도, 활인도, 우리나라. 더 나아가 다른 사람들까지도."

"당신…!"

그녀의 힘없는 주먹이 그의 가슴을 두들기기 시작했다. 너무나도 보고 싶었다. 하루에도 수 십 번 그의 얼굴이 떠오를 때마다 애써 슬픔을 삼키고는 했다.

너무 보고 싶었던 그가 지금 바로 자신의 앞에 있었다.

"겁쟁이에 울보, 변한 건 없군."

민혁은 쓰게 웃었다. 무어는 그의 허리에 양 팔을 집어넣으면서 꽉 끌어안았다. 한참이나 그녀는 그의 품 안에서 울었다.

✥ ✥ ✥

시원한 바람이 불어온다. 옥상에 중태 일행과 함께 선 민혁은 담배를 깊게 한 모금 빨았다. 중태와 스미스, 현인도 담배를 빨고 있었다.

미혜는 중태의 뒤에 서서 그를 보고 있었다.

"내가 무서워?"

민혁은 생긋 웃으며 질문했다. 그럴 수도 있다. 자신은 한때 세계를 누볐던 코리안 나이트 염인빈이었다.

그들이 자신을 편하게 대했던 것, 장난으로라도 욕을 했던 것 등을 생각하면 위압감이 느껴질 것이다.

미혜는 고개를 저었다. 중태가 픽 웃었다.

"뭐가? 네가 뭐가 무서운데."

"그냥. 전부 다."

자신은 아이들이 생각하는 그런 좋은 사람도 아니었고, 염인빈일 때 악한 짓도 많이 한 사람이다. 그렇지만 중태는 그의 어깨를 두들겼다.

"하나도 무서운 거 없어. 넌 나한테는 강민혁일 뿐이다."

물론 말 뒤로 숨긴 꺼리감이 보였다. 아무리 강민혁을 대하듯 평소처럼 하려고 해도 그리 되지 않을지도 모른다.

하지만 모두가 그렇게 하기 위해 노력할 것이다. 딱 한 사람.

과연 미혜는 여전히 민혁을 좋아할 수 있을까? 나이로

따지면 민혁은 마흔 살은 훌쩍 넘는 아저씨인데.

"나한테도."

그녀의 앙 다물어진 입이 열렸다. 중태가 픽 웃었다. 그녀의 강민혁 사랑을 못 말리겠다는 표정이었다.

민혁의 시선이 그녀에게 돌아갔다. 왜일까. 신의 탑을 오르면서 사실 미혜의 얼굴이 많이 스쳤다.

신의 탑, 그 전에 장례식장에서 마족을 죽이기 전에 갖은 던전을 돌면서도 그녀의 생각이 자주 스치고는 했다.

이 아이를 내가 좋아하는 걸까?

자신은 여자를 멀리하고는 했다. 이유는 간단하다. 자신이 염인빈일 때, 그들은 자신이 가진 많은 부귀영화에 홀린 듯이 자신을 사랑한다고 말했으니까.

그렇지만 미혜의 사랑은 맑고 투명했다. 마치 다이아몬드처럼. 그랬기에 자신의 마음이 그녀에게 가는 걸까?

이유는 모른다. 그저 가슴 깊이 숨길 뿐이다.

"세계가 시끄러워지겠군. 염인빈이 강민혁이 되다. 이거 웬 판타지 소설 같은 이야기야."

중태는 헛웃음을 흘리면서 고개를 저었다.

정말 판타지 같은 이야기이다. 이 세상도, 자신이 환생을 한 것도. 민혁이 난간에 팔을 걸치자 한 사람, 한 사람 걸치기 시작했다.

어느덧 다섯 사람이 함께 지고 있는 노을을 보고 있었다.

뚜벅뚜벅!

오재원의 좌측에는 최강현이, 우측에는 강민혁이 함께 걷고 있었다. 오재원이 큼지막한 문을 열고 들어가자 둥그런 탁자에 앉아있는 11개국의 대표들이 보였다.

그들은 한 사람, 한 사람이 각 나라를 대표하는 길드를 이끄는 마스터들이었다. 그들의 등 뒤에는 13인의 퍼스트 클래스가 한 사람씩 뒷짐을 지고 서 있었다.

그중에는 애드거 앨런과 줄리안 무어도 있었다. 줄리안 무어는 민혁을 보자마자 작게 웃었다.

오재원이 넥타이를 느슨하게 풀면서 자신의 자리에 착석했다.

13인의 퍼스트 클래스들의 시선이 곱지 못하다. 그들의 시선이 하나 같이 민혁에게 꽂혀 있었다.

그들은 전해지는 말을 믿지 않고 있었다. 염인빈이, 소년의 몸에서 환생해서 돌아왔다? 물론 자신들도 그 영상을 보기는 하였으며 그 영상이 사실이라는 것 역시도 확인하였다.

그래도 믿지 못하고 있었다.

물을 한 모금 들이킨 오재원이 각 국의 대표들과 눈을 맞출 때마다 한 사람씩 시선을 회피했다.

오재원이 조소하였다.

"뒈질 뻔 했네. 정말."

어떠한 국가도 도와주러 오지 않은 것에 대한 그의 작은 핀잔이라고 할 수 있었다. 애드거 앨런이 물을 한 모금 마시고는 헛기침을 크게 했다.

"크흠! 그것보다 발록이 돌아온다니요?"

염인빈이 돌아왔다. 애드거 앨런도 그 말에 의구심을 가지고 있었으며 줄리안 무어 역시도 마찬가지였다.

그렇지만 줄리안 무어가 대한민국으로 급히 날아가더니, 그 말이 사실이었다고 주장하고 있었다.

줄리안 무어는 세린디피티에서 가장 염인빈과 가깝게 지냈던 여인이었다. 또한 그를 오랜 시간동안 사랑한 여인이기도 하였다. 그런 그녀가 염인빈을 못 알아볼 일은 없을 테고 일단 애드거 앨런은 오재원과 강민혁이라는 소년이 하는 말을 사실이라고 생각해보기로 했다.

"두 개의 달이 뜨는 날에 돌아온다."

강민혁, 정확히는 염인빈이었을 때, 그는 그 누구에게도 존대를 하지 않았다. 그 버릇마저 똑같자 어떤 이는 미간을 찌푸렸고, 어떤 이는 실소를 흘렸다.

'대체 이게 무슨 짓인지 원! 오재원도 다 됐구만! 애새끼 하나 앞세워서 염인빈인 척 연기를 꾸며? 이거, 이번에 나타난 괴수들도 대한민국 짓인 거 아니야?

유독 나이가 있어 보이는 노인이 있었다. 백발의 노인은 일본의 카미카제 길드 소속. 13인의 퍼스트 클래스 중

'살무사 다이스케'로 불렸다.

그는 SS+급의 각성자로 13인의 퍼스트 클래스 중에서는 가장 강했다.

그는 두 개의 일본도를 휘두르고는 하는데, 괴수를 사냥하러 갈 때마다 구두를 신고 가고는 했다.

그가 신은 구두는 타악 건드리면 날카로운 독이 묻은 단도를 뽑아냈다. 살무사 다이스케의 다른 이름은 '사검도 다이스케'이기도 했다.

그의 집안은 대대로 내려오는 혈통 있는 무사 가문이기도 하였다.

"두 개의 달이 뜨는 날, 발록이 돌아온다. 그 사실을 어떻게 확신합니까?"

일본의 카미카제 길드를 이끄는 코헤이 역시도 다이스케와 같은 생각이었다. 대한민국의 자작극으로 밖에는 보이지 않았다.

물론 워싱턴과 로스앤젤러스에서 일어난 일에 대해서는 의문이었지만, 어떻게 뒈진 염인빈이 살아서 돌아온단 말인가.

"내가 놈의 전음을 들었으니까. 놈을 죽인 것 역시 나였으니까."

"푸흡!"

다이스케가 웃음을 참지 못하고 헛바람을 뱉어냈다. 그를 따라서 13인의 퍼스트 클래스들이 웃음을 흘리고 있었다.

발록이 돌아온다. 그리고 전음을 들었다.

이게 웬 미친 소리란 말인가.

"아, 그렇군요. 그럼 발록이 뒈지기 전에 나 다시 돌아온다. 목 닦고 기다려라. 했다 이 말입니까?"

코헤이가 자신의 둥그런 안경을 벗으면서 안경닦이로 정성스레 닦아내면서 날카로운 눈을 빛내며 오재원을 보았다.

오재원은 슬쩍 민혁을 돌아보았다. 고개를 끄덕였다.

'진짜 그랬는데? 목 닦고 기다리라고는 안 했지만.'

"염인빈, 아니 지금은 강민혁이 된 이 친구의 말에 의하면 두 개의 달이 뜨는 날, 강한 군사들과 함께 돌아온다고 하더군요."

"강한 군사라. 마족이겠군요. 그놈들이 떼로 덤비면 어차피 다 뒈지는 거 아닙니까? 마족을 어떻게 이겨요. 알란이나 헨더라는 마족들 때문에 대한민국도 고전을 면치 못했잖습니까."

코헤이의 말에는 가시가 돋아 있었다. 그조차도 어찌 하지 못해서 많은 희생을 낳지 않았느냐 하는 것이다.

대체 대한민국이 염인빈 없으면 할 수 있는 게 뭐가 있느냐는 소리이기도 했다.

오재원이 코를 씰룩였다.

"지금 제 발언과 이 친구의 발언을 못 믿으시는 것 같습니다만."

"오재원 마스터면 제가 똑같이 말씀드리면 믿겠습니까?"

코헤이가 코웃음 쳤다. 모두가 하나 같이 동감한다는 듯이 고개를 끄덕이고 있었다. 단 두 사람, 애드거 앨런과 줄리안 무어를 제외하고서.

'오재원을 건드리다니. 저 친구가 빈 말을 할 친구는 아닌데.'

그는 오재원을 너무나 잘 알았다. 그는 강한 힘을 쥐고 있을 때는 무서운 자이기도 했다. 세렌디피티도 피해가고 싶을 정도로.

오재원이 품에서 담배를 꺼내 입에 물었다. 강민혁도 담배를 꺼내면서 최강현에게 담배 갑을 툭 쳐서 한 개비 나오게 해서 건넸다.

그들이 담배를 입에 물었다.

거의 동시에. 오재원이 다리를 꼬았고, 강민혁이 불을 붙여 뿜었으며 최강현이 가운데 손가락을 치켜 올리면서 민혁이 불을 붙여주자 연기를 뿜었다.

"한 번 해보자 이거지, 지금?"

오재원의 입 한 쪽 꼬리가 올라갔다. 그의 꼬아진 한 쪽 다리가 달달달 떨리고 있었다. 13인의 퍼스트 클래스, 그리고 각 길드의 마스터들의 얼굴이 처참히 일그러졌다.

저 무슨 건방지고 오만방자한 행동이란 말인가.

"그럼 니들은 하기 싫으면 빠져. 우리가 알아서 할 테니까. 대신에 하나만 말하도록 하지."

오재원이 담배를 뿜으면서 그들과 눈을 맞췄다.

"만약 발록이 돌아오면 대한민국에서 나온다는 보장이 있디? 또는 이번처럼 드래곤이라도 뜨면 어쩔 건데? 니들이 잡을 거야?"

그들이 하나 간과하지 못한 것. 염인빈이 있었을 때, 여기 있는 11개국은 전부 그의 도움을 몇 번씩 받았었던 적이 있다는 것.

염인빈이 강한 만큼 세계에서 계속 도움의 손길을 뻗어왔다. 어디어디 웨이브가 터졌는데 SS급의 네임드 괴수가 나타나서 어디 도시가 날아가게 생겼다느니, 어디어디 비공식 랭커 SS급이 설치고 다녀서 못 살겠다느니.

그들은 분명히 염인빈에게 큰 빚을 지고 있었고 여전히 그를 필요로 하고 있었다.

"좆같은, 그리고 카미카제는 곰곰이 생각을 해봐. 최강현이가 쌍용의 자객과 삼인살생자를 죽였다고 생각해?"

그의 시선이 코헤이에게 돌아갔다. 얼마 전 대한민국과 일본의 마찰이 불거졌던 참이었고 일본은 대한민국에 숙이고 들어왔다. 카미카제 역시도, 어쩌면 그 앙갚음을 지금 하려고 했던 것일 지도 모른다.

코헤이의 미간이 찌푸려졌다. 확실히 그건 말도 안 되는 일이었다. 아무리 삼인살생자와 쌍용의 자객이 붙어 서로가 큰 피해를 입었다지만 그들을 모두 최강현이 싹 쓸었다?

의문이긴 했다.

"이 강민혁이가 한 거라니까."

오재원이 엄지로 등 뒤에선 그를 가리켰다.

"됐다, 일어나. 지들끼리 알아서 하라고 해. 마족이 나오든, 발록이 나와서 뒈지든."

민혁이 코웃음을 쳤다. 오재원이 몸을 일으켰다.

"이봐, 오재원 마스터."

애드거 앨런이 다급하게 손을 뻗으며 그를 불렀지만 그는 멈추지 않았다. 그 말이 모두 사실이고. 강민혁이 염인빈이다. 아니, 꼭 염인빈일 필요도 없었다.

그는 염인빈만큼의 움직임을 분명히 보여줬고, 대한민국은 다시 그 어떤 나라도 건드리지 못할 위치에 설지도 모르는 노릇.

그들과 등을 돌리게 되면 그 피해는 이루 말할 수 없다.

"미친놈들, 염인빈. 그놈이 뒈지고. 단체로 돌아부렸구만."

"너 지금 뭐라고 했어?"

다이스케의 말에 오재원과 강민혁이 동시에 돌아보면서 뱉은 말이다. 애드거 앨런이 이마에 손을 짚었다.

결국 터진다.

"단체로 돌아버렸다고 했지. 낄낄!"

그는 폐에 바람 빠지 듯한 소리로 웃어대었다. 오재원이 한숨을 푹 쉬면서 민혁의 어깨를 두들겼다.

그 순간이었다. 바람처럼 움직인 민혁은 어느덧 다이스케의 바로 등 뒤에 있었다. 그는 주저하지 않고 13인의 퍼스트 클래스 중 혼자만 코헤이의 옆에 앉아있는 다이스케의 옷을 끌어당겼다.

우당탕!

"크읍! 이 무슨 건방진…!"

그가 벌떡 일어나 잘 세워져 있는 자신의 검을 뽑으려는 순간이었다. 민혁이 어느덧 그의 앞에 서 있었다.

그는 엄지손가락 중앙에 잘 말려있는 검지손가락을 받치고 있었다. 사람들은 이것을 딱밤이라고 부르고는 한다.

그가 엄지손가락을 검지에서 떼는 순간이었다. 딱밤이 정확하게 다이스케의 이마에 적중했다.

퍼억!

콰아아악!

"끄허억…!"

다이스케가 딱밤 한 번에 벽에 쳐 박히더니 주르르 바닥으로 미끄러져 내렸다. 그가 힘겹게 오른손으로 자신의 상체를 받치며 일어서려 했다.

민혁이 그 앞에 무릎을 굽히고 앉아 그를 노려보고 있었다.

모두가 경악에 찬 눈으로 민혁과 다이스케를 번갈아 볼수밖에 없었다. 다이스케는 13인의 퍼스트 클래스 중 가장 강한 강자다.

물론 시크릿 에이전트에 비할 바는 못 될 터이지만, 그를 딱밤 한 번에 제압하다니?

또 다시 민혁이 그의 이마에 딱밤을 갈겼다.

콰지익!

"크어억…."

다이스케가 다시 벽에 부딪쳤다. 힘겹게 정신줄을 잡는 것 같더니 그대로 기절해버렸다. 손을 탈탈 턴 민혁을 코헤이가 죽일 듯이 노려봤다.

"지금 카미카제와 전쟁을 한 번 해보자는 거지요!?"

"해보든가. 니들이 이길 수나 있어?"

오재원이 귀를 후벼팠다.

영상은 사실이라고 전문가들은 판독결과를 내렸다. 그렇지만 실제로 믿는 이는 극소수였다. 그렇지만 방금 전 어느 정도 증명되었다.

다이스케가 딱밤 두 대에 기절하고 말았으니까. 정말 오재원의 말처럼이었다. 이길 수 없다. 단.

"세계를 적으로 돌리고 싶나? 오재원 마스터."

러시아의 트럼프 길드의 마스터. 안드레이었다. 트럼프 길드는 현재 세계 삼대 길드와 견줄만큼의 견고한 힘을 성장시키고 있는 길드였다.

그만큼 안드레이가 가진 힘도 무시하지 못할 정도로 거대했다.

"13인의 퍼스트 클래스. 그리고 각 국가의 길드 마스터들이 모인 자리에서 이런 소란이라니, 신사적이지 않지 않소."

"당신들이 나와 강민혁을 보고 비웃은 건 신사적이고?"

오재원이 눈썹을 치켜 올리며 한 말에 안드레이는 헛기침을 했다. 분명 웃음을 흘리던 사람 중 한 명도 자신이었으니까.

"그렇다한들, 이런 행위 자체는 우리 모두를 무시하고 이 국가들뿐만 아니라 동맹국 전체와 등을 질 수 있는 행위임을 모릅니까?"

"나와 강민혁, 활인길드 자체를 등지면 발록이 나오면 다 죽는다는 건 모르나보군."

오재원은 실소를 터뜨렸다. 안드레이는 말이 통하지 않는다고 여겼다. 그러고보면 염인빈이 있을 때도 이와 같았다.

그는 말이 통하지 않았고, 폭주 기관차 같은 사내였으며 냉정한 이이기도 했다. 모든 계산을 끝냈다는 것.

강민혁이 어쩌면 이곳에서 무력을 보인다는 것 역시도 계산했을 지도 모른다. 그가 무력을 보이면 달라지는 것이 있을지도 모르니까.

그리고 그가 보이는 여유 자체는 하나둘, 길드의 마스터들을 굴복시키고 있었다. 그가 여유를 보일 만큼 강민혁이 염인빈이다 생각하는 이들이 하나씩 늘고 있는 것.

부정하기에도 저 정도의 강함을 지녔던 것은 염인빈 뿐이었고, 그의 행동이며 말투, 버릇까지도 예전의 그와 빼다박았으니까.

"그럼 이렇게 한 번 해보도록 하지요. 저 강민혁이란 친구가 염인빈이든, 아니든 그만큼의 무력을 보여준 것은 분명한 사실입니다. 두 개의 달이 뜨는 날 발록이 군사들과 함께 돌아온다. 일단은 오재원 마스터의 방안에 대해서 들어보는 것으로요."

다이스케가 강민혁과 재원을 도발한 것은 애드거 앨런에게는 그를 잡을 수 있는 기회가 된 셈. 거기에 안드레이와의 마찰 역시도 중재하면 여전히 그들과의 동맹국임을 과시할 수도 있었다.

애드거 앨런은 다른 이들과 다르게. 확실히 강민혁이란 존재의 강함에 대해서 믿고 있었으니까.

"그럼 이야기나 해줘볼까."

오재원은 못 이기는 척, 자신의 자리에 다시 앉았다. 애드거 앨런이 헛 웃었다.

'모든 게 계산된 행동이구만. 오재원.'

역시 오재원, 저 작자는 결코 가볍게 볼 사내가 아니다.

"발록이 돌아온다. 군사들과 함께. 사실 가장 큰 문제는 어디에서 나타날지 모른다는 거지. 대한민국일지, 미국일지, 러시아일지, 중국일지. 아니면 일본일지."

오재원은 각 국가를 입에 담을 때마다 그 국가의 길드 마스터와 눈을 맞췄다. 그때마다 그들은 흠칫흠칫했다.

자신들의 나라 한복판에서 대한민국을 혼란에 빠트렸고 염인빈마저 죽게 만들었던 발록과 군사들이 나타난다?

그걸 사실이라고 믿고 들었을 때는 끔찍한 이야기다. 모두 죽을 것이다. 가장 먼저는 그 나라를 지키는 길드가 될 것이다.

"물론 대한민국이 가장 확률이 높겠지, 첫 시작이었고 그곳에서 염인빈이자, 이 친구는 암시를 받았으니까."

그는 민혁을 바라봤다. 어느덧 그는 의자 하나를 끌어와 방금 전의 다이스케 마냥 오재원의 옆에 앉아서 다리 하나를 꼬고 있었다.

"하지만 확실한 건 두 개의 달이 뜨는 날이지. 두 개의 달이 뜨는 날, 놈이 돌아온다. 세계가 무엇을 해야 할까?"

오재원은 질문했다. 그들을 둘러보며. 답은 간단하다.

"방어선을 구축하고, 국민들을 최대한 안전한 곳으로 대피시킨다. 그리고 각성자들은 전부 전투준비태세에 돌입해야지."

"세계에 총 200여 개국 이상이 있습니다. 그 국가들 전부를 비상사태임을 선포하고 국민들은 그날 해야 할 일도 하지 못하고, 대피를 한다는 겁니까? 이거 쉬운 말이 아닙니다."

일본의 코헤이가 이성적으로 답변했다. 사실이다. 그 전음 하나를 믿고 세계의 모든 인구가 하루동안 모든 일을 쉰다. 거기에 그들을 대피시키고, 그들을 통제할 인력 등을 따지면 단 하루 뿐이지만. 국가가 입게 되는 피해는 막대하다.

단순히 24시간이 아니다. 세계의 모든 인구가 평소 해야 할 일을 하지 않고 다른 일을 한다는 건 그만큼 타격이 컸다.

하물며, 확실하지 않은 이야기이니까.

"만약 이게 확실했다면 군말 없이 들었겠지?"

오재원의 질문에 모두가 고개를 끄덕거렸다. 확실하다면 당장 다 죽게 생겼는데, 하루 쉬는 피해는 감수할 것이다.

만일 거짓이라면 문제가 되는 것이지. 그렇게 되면 세계는 농락 당한 거고. 하루 동안 입은 피해는 이루 말할 수 없으며 국민들의 야유를 살 것이니까.

오재원이 흘끗 민혁을 돌아보았다. 말 좀 해봐. 하는 표정이다.

"스피로스."

민혁의 입이 열리자 한 사내가 반응했다. 스피로스는 금발의 짧은 머리카락에 단단해 보이는 체구가 딱 군인 같은 그리스인이었다.

"예전에 나한테 덤볐다가 귓방망이 한 대 맞았던 거 기억 나?"

"…무슨 소린지 모르겠습니다."

발뺌하는 거다. 염인빈은 그의 체면을 생각해서 발설한 적이 없었으니까. 이중 상당수 그런 자들이 있다.

13인의 퍼스트 클래스라는 강함을 가지고, 염인빈이 도대체 얼마나 대단하길래? 하고서 덤벼든 이들이 수도 없이 많다. 13인의 퍼스트 클래스 중, 민혁에게 귓방망이 맞아본 이들이 다섯 명은 될 것이다.

"너 나한테 네 사랑 엠마뉴엘이 내 팬이여서 흠뻑 빠져서 집에도 안 들어오고 그랬다며. 네가 길길이 날뛰면서 내가 그리스 방문한 날, 나한테 대들었다가 **뺨** 한 대 맞고 날아갔잖아."

"……."

스피로스가 침묵했다. 그의 등 뒤로 식은땀이 흥건하게 맺어졌다. 모두 사실이었다. 군인 같은 건장하고 멋진 모습을 가진 SS-급의 공격계 '골든테일 스피로스'라고 불리는 그였지만 애정결핍 증상이 조금 있어서 여자친구한테 집착이 심했는데, 여자친구가 염인빈의 지독한 팬이었던 것이다.

그때의 기억을 회상하면, 아직도 **뺨**이 욱신거렸다.

"또 산제이."

인도인이 시선을 확 틀었다. 그는 불안한 표정이었다.

"은혜 입은 거 기억하지? 로렉스가 너희 나라 휘저을 때 나한테 몰래 전화해서 뭐라 했어, 막을 힘은 없고, 다른 동맹국에 손 벌리기는 쪽팔리고, 한 번만 도와달라고 사정하지 않았나?"

"글쎄요. 로렉스는 제 손으로 사냥했습니다만…."

산제이는 두 개의 짧은 단도를 휘두르는 각성자다. 폭풍도의 산제이라고 불리는데, 그가 어색하게 민혁의 앞에서 이빨을 드러내며 웃고 있었다.

"이빨 까지 마. 확 까 벌라니까."

그가 손으로 앞에 놓인 물병을 집어 들어 던질 듯한 제스처를 취했다. 산제이는 헛기침을 했다.

"로렉스를 잡은 게 산제이 자네가 아니라 염인빈이었구만."

코헤이와 몇 다른 몇 국가의 이들이 낄낄 웃어대었다. 그에 민혁이 홱 시선을 틀었다.

"어쭈? 일본. 니네 할 말 없을 텐데? 크라켄 나왔을 때, 한번만 도와주십쇼. 이 은혜 평생 잊지 않겠습니다. 하고 저 다이스케 새끼하고 나한테 사정했잖아? 근데 고작 사케 몇 병으로 끝냈더라? 난 입까지 단속해줬는데."

"커흠!"

코헤이가 입을 꾸욱 다물었다. 하나씩, 그는 증명하고 있었다. 각 국가가 숨긴 채 염인빈에게 도움을 받았던 것들을.

한 사람씩 이름이 지목될 때마다 그들은 흠칫흠칫 몸을 떨어대었다.

그들의 얼굴이 사색이 되기 시작했다. 그것은 거의 서로만이 아는 비밀들이었는데, 이렇게 세심하게 알고 있다니?

"마지막으로 줄리안 무어."

"전 왜요?"

줄리안 무어는 자신이 꼬투리 잡힐 게 없는데, 거론되자 가슴 위에 손을 얹고는 고개를 갸웃했다.

애드거 앨런도 마른침을 꿀꺽 삼켰다. 그들도 비밀리에 그의 도움을 많이 받았었으니까.

"저 아름다운 여인한테 샌드의 악녀라 이름 붙여준 사람이 바로 나지. 그렇지?"

"…네."

줄리안 무어는 작게 웃었다. 모두가 알지 못했던 사실. 줄리안 무어가 가진 코드네임 샌드의 악녀는 염인빈이 지어준 이름이었다.

'누가 널 겁쟁이라고 하지 못하게, 용감한 여전사가 될 수 있게 코드네임을 지어주마. 무어.'

그때에 자신은 그의 자상하고 부드러운 미소를 잊지 못한다.

'샌드의 악녀. 앞으로 영원히 세계를 떨게 할 이름. 어때? 멋있지 않아?'

굳이 그녀가 악녀처럼 행세하지 않는데도, 악녀라고 수식어가 붙은 것. 그것은 염인빈이 지어주었기 때문이고, 그때문에 스스로 무어는 자신을 샌드의 악녀라 칭해서다.

이제 증명할 것은 모두 증명되었다. 모든 것이 오재원과 민혁의 계산처럼 일이 진행되었다.

오재원이 힘껏 테이블 위에 손바닥을 내리쳤다.

타악!

"아직도 이 자가 염인빈이다 확신하지 못하는 사람, 거수!"

거수하면 뒤로 끌고가서 뒈지게 팰 기세였다. 그 말에 아무도 손을 드는 이는 없었다. 강민혁, 그는 염인빈만이 알고 있던 사실 전부를 알고 있었고 그만큼의 무력을 지녔다.

"아직도 발록이 다시 나타난다 못 믿겠다, 거수!"

그는 마치 이들을 이끄는 주축이 된 것과 같았다. 그의 말에 이번에도 그 누구도 손을 들지 못했다.

"그럼 이로써 모든 국가가 앞으로 정확히 45일 후. 발록이 나오는 날을 대비하도록."

그들이 한 사람씩 고개를 끄덕였다. 그들을 통해 다른 동맹국들도 통제가 되기 시작할 것이다.

"또 한 가지. 백룡 길드와 귀수를 서둘러 잡아야 한다."

오재원의 눈이 날카롭게 좁혀졌다.

❖　❖　❖

회의가 끝났다. 13인의 퍼스트 클래스는 45일 후, 워프존 앞에서 대기한다. 바로 각 국가로 날아갈 수 있도록.

되도록 많은 곳에 워프존을 설치할 것에 대한 이야기도 끝났으며 시크릿 에이전트에 관련해서는 아직 이야기가 진행되고 있었다.

시크릿 에이전트는 숨은 전력이다. 또한, 시크릿 에이전트는 국가의 부름에 응답하는 이들이 아니라, 자신들 그룹 자체가 국가라 생각한다.

시크릿 에이전트 모두가 동의해야 움직일 수 있다. 그 말은 간단하다. 그들 모두에게 염인빈이라는 것을 증명하든, 무력으로 데려오든 해야했다.

민혁도 시크릿 에이전트 중에서는 딱 한 사람만 알고 있었다. 조만간 그를 만나 봐야 할 것 같았다.

그러나, 그보다도 더 빨리해야 할 일은 백룡과 귀수를 쳐내는 것이다.

오재원은 귀수의 움직임에 대해서 모두 활인에 보고하도록 말했다. 그래야만 신속한 조치가 치러지며, 그들을 잡아낼 수 있다고.

또한, 백룡 사냥의 시작을 알렸다. 이제부터 활인은 백룡 사냥을 시작한다. 동맹국조차도 묵언하라 말했다.

그들에겐 동맹국을 져버리는 것이 걸리는 일이었지만 강민혁 앞에선 어쩔 수 없는 일이었다.

"오재원 마스터."

회의실을 나서는데, 애드거 앨런이 그를 붙잡았다. 민혁도 함께 멈췄다.

"크흠."

애드거 앨런은 민혁을 흘끗 보고는 헛기침을 했다. 정말 염인빈, 그자가 확실하다. 그렇게 생각하니 도움 받을 때만 받고, 활인이 어려울 땐 외면했던 자신이 부끄러워지는 순간이었다.

"아주 재밌는 점이 발견되었습니다."

"재밌는 점?"

재원이 미간을 찌푸렸다.

"중국과 연결된 워싱턴과 로스앤젤러스의 워프존이 막혔습니다. 이런 일은 처음입니다."

"…워프존이 막혔다라."

오재원의 미간이 찌푸려졌다. 어째서 갑자기 막혀 버렸을까? 희안하게도 마치 괴수들이 넘어오고 난 후부터 막혔다는 생각이 딱 든다.

하지만 그가 주장하는 추측에 의한 의문도 있다.

"우리나라에는 중국과 연결된 워프존이 없는데…."

"그야 공식적인 워프존이 없는 거지요. 비공식적으로 설치를 했다면야. 어려운 것은 없지요."

"그렇긴 하지."

재원이 고개를 끄덕이며 턱을 어루만졌다.

"그래서 추측을 하나 해봤습니다. 백룡일지, 귀수일진 몰라도 그들이 가진 힘 중 하나가 다른 차원의 존재들을 끌어오는 것이 아닐까 하고."

"다른 차원?"

오재원은 뚱딴지같은 소리 같았지만 애드거 앨런의 입에 집중했다. 워낙 말도 안 되는 일이 많은 세상이니까.

"마족은 따지면 마계에서 데려왔을 것이고. 이번에 나타난 괴수들은 몇 등장했던 놈들도 있었지만 생소한 녀석들이 더 많았습니다. 워프존을 통해서 다른 세계의 문을 열어

끌고 왔다. 라고 생각할 수 있지요."

"충분히 가능해 보이는 추측이군."

오재원은 고개를 끄덕였다. 애드거 앨런이 이죽이며 웃었다.

"우리 사이 아직 완고하지요?"

"무슨 사이?"

오재원이 한 번 퉁겨줬다.

"같이 류신에게 욕하러 간 날 기억 안 나십니까?"

"그랬어? 내가?"

오재원이 능청스레 귀를 후비면서 민혁을 돌아봤다. 그의 답은 간단했다.

"내가 그걸 어찌 알아."

다시 재원이 애드거 앨런을 보았다.

"아아, 기억 날 것 같기도 한데, 음… 이번에 미국 쪽에서 우리나라에 펄스 고기를 거래하는데 질이 안 좋은 것들로 보낸다는 소문이 있어서리. 영, 미국놈들 마음에 안 든단 말야."

"제가 해결해드리죠."

"아, 기억났군. 우리 그때 같이 류신한테 욕하고 왔었지?"

이런식으로 애드거 앨런은 다시 놓아질 뻔한 오재원과 동맹관계임을 과시하고 있었다. 그만큼 강민혁이란 전력이 가진 힘은 큰 것이다.

"아무튼, 그 부분 해결하면 전화하라고."

오재원이 그의 어깨를 두들기고는 민혁과 강현을 이끌고 몸을 돌렸다. 뒤늦게 나온 무어가 볼을 부풀렸다.

"인사도 안 하고 가네?"

"저런 사람이 뭐가 좋냐? 새파랗게 어리구만."

"어려도 정신만은 성숙 하다구."

무어는 사랑에 빠진 소녀 같은 미소를 짓고 있었다. 비록, 내후년이면 30대이지만. 애드거 앨런이 안도의 한숨을 푹 쉬었다.

'이로써 어느 정도 관계호전에 도움….'

콰아아아앙!

그 생각이 끝나기 전이었다. 엄청난 굉음이 터져 나왔다. 애드거 앨런의 시선이 확하고 돌아갔다.

굉음이 터져 나온 곳에서 한 사내가 민혁과 오재원, 강현을 향해 접근하고 있었다.

민혁이 아는 자였다.

"천이…."

한이의 쌍둥이 형. 천이였다.

그가 한이가 아닌 천이라는 사실을 확인하는 방법은 간단했다. 한이는 오른쪽에 검을 차고, 천이는 왼쪽에 검을 찬다.

그나마 한이는 오지 않아 다행이었다.

천이의 갑작스러운 등장에 민혁의 미간이 좁혀졌다. 어차피 활인이든, 민혁이든 곧 백룡을 때려잡을 생각이었다.

백룡도 자신들에게 이목이 집중 되었다는 것을 알았을 것이다. 아마도 그로 인해 일이 틀어졌을 것.

천이를 보냈다.

왜?

이 안의 자들 모두를 죽이기 위해서?

아니면?

'나를 죽이기 위해서? 그렇지만 천이는….'

류신도 알 것이다. 자신의 수준은 천이가 감당할 수 있는 수준이 아니었다. 아무리 그가 SSS급을 넘어선 강자라고 할지라도 염인빈에 비할 바는 못 되는 게 사실이었으니까.

그것보다 류신은 왜 자신을 죽이려 하는가? 자신이 백룡을 엎을 것을 알기 때문에? 아니면, 계승자인 것을 알기 때문일까.

후자에 가까울 것이다. 삼인살생자와 계승자, 귀수, 백룡. 분명히 두터운 연관이 있다.

어쩌면 발록과도.

민혁이 자신에게 빠르게 접근하는 천이를 보았다. 한이의 경우 감겨진 한 쪽 눈을 뜨는 순간 상대방의 움직임을 읽기 시작한다.

누군가는 천리안이라고 부르기도 한다. 천이의 경우는 다르다. 천이의 감겨진 한 쪽 눈과 마주치는 순간 아주 강한 환상에 빠지게 된다.

지금의 민혁이라고 할지라도 감당할 수 있을지 의문일 정도의 환상.

그는 천이의 얼굴을 바로 보지 않고 목 부분에 시선을 두었다.

자신들을 향해 접근하는 천이를 향해 민혁이 몸을 날렸다. 그의 내려쳐지는 검을 향해 오른 팔을 들어 올렸다.

놈의 검은 한이의 것과 다르게 거칠었다. 콰지지직! 공기를 찢으면서 강하게 내려쳐진 그 힘!

콰아아앙!

복도 전체가 진동을 일으켰다. 회의실에서 이야기를 나누던 13인의 퍼스트 클래스와 11개국의 대표들이 밖으로 나와 이 모습을 보곤 경악에 찬 표정이었다.

민혁이 이를 악물었다.

"이 새끼…!"

낮은 급의 각성자가 A급을 죽이는 일이 생겨난다. 마인이 되어서.

그리고 지금의 천이는 사람이 아닌 마인이 되어 있었다.

흰자 없이 검기만 한 눈동자가 그를 증명해주고 있었다. 이로써 백룡이 귀수와 손을 잡았다는 결정적 증거를 확보하는 것일지도 몰랐다.

허나, 이런 강수를 둔다는 것은 죽일 수 없어도, 몸을 완전히 숨기겠다는 것을 의미하는 것일지도 모른다.

이미 백룡의 류신은 잠적상태일 것이다. 연락도 그 전부터 안 되었으니까. 어디로 튀었는지는 아무도 모른다. 그의 옆에는 한이만이 달랑 붙어 있을 것이다. 어쩌면 귀수의 마스터도 함께 있을지도 모르기는 한다.

천이가 마인이 되었다.

그리고 그 힘은 더욱 강력해졌다.

콰르르르르!

놈이 휘두르는 검을 민혁이 막아낼 때마다 건물 전체가 진동하기 시작했다.

이대로는 이 건물 안의 사람들이 위험하다. 13인의 퍼스트 클래스? 그들은 상관없다. 알아서 잘들 살아남을 것이다.

문제는 이 건물에는 분명히 일반인들도 있다는 것이었다.

천이의 검을 막아내던 민혁은 몸을 낮춰서 그의 복부를 팔로 끌어안고는 벽 쪽으로 밀었다.

"흐으으읍!"

우르르르르!

벽에 닿는 순간, 우르르 벽이 무너졌다. 그리고 두 사람이 추락하기 시작했다. 총 18층의 빌딩이었고 회의는 꼭대기 층에서 진행되었다.

좌르르륵!

허공에서도 천이의 검은 날카롭게 민혁을 향해 쇄도해 들어왔다.

"이렇게까지 하는 이유가 뭐냐, 천이!"

"우리 마스터가 원하니까."

천이는 한이와 다르게 활발하다, 다르게는 다혈질적이고 시끄러운 성격이기도 했다. 그의 얼굴에 맺힌 씁쓸한 웃음.

민혁은 도통 이해할 수가 없었다. 그들이 모시는 그분에 의해서 류신이 그리 된 것이 아닐까 추측한다.

민혁이 아는 류신은 그 정도로 멍청한 자가 아니었다. 재수 없고, 경계해야 할 대상이라고 생각은 했었다.

그렇지만 이렇게 천이를 보냈고, 중국에 뻗어진 워프존 두 개가 차단되었다는 건 분명히 백룡길드가 이번에 괴수가 도심 한복판에 무더기로 쏟아진 것에 연관이 있다는 것.

류신이 세계를 적으로 돌릴 만큼 멍청한 자던가? 아니면?

"류신이 그분에게 홀렸군."

그 말에 천이의 표정이 미묘해졌다. 정확히 찔렸다. 류신은 자신들이 알던 사람이 아닌 것처럼 변하고 있었다.

갈수록 난폭해지고 있었고, 혼잣말을 하는 횟수가 많아지고 있었다. 그렇지만 그는 자신이 모시는 사람이었고, 영원히 함께하고 싶은 자였다.

자신에게 마인이 되라고 했을 때는 크게 충격을 먹었었다.

그렇지만 그분이니까. 류신이니까. 류신이 추종하는 자처럼 천이는 그를 따르니까.

"죽어 주십시오."

천이가 눕혀진 듯한 민혁의 복부로 검을 두 손으로 쥐며 꽂아놓으려 했다.

민혁의 손이 그의 검날을 양손을 박수치듯하며 잡아냈다.

"그럴 순 없지. 나도 해야 할 일이 많거든."

"흐으읍!"

천이의 검에서 강한 힘이 폭발하려 했다. 민혁도 인피니티 건틀릿으로 힘을 모으면서 폭발하려는 그 힘을 억눌렀다. 두 개의 거대한 힘이 서로를 밀어내기 위해 충돌을 일으키고 있었다.

어느덧 두 사람은 바닥과 가까워졌다. 민혁이 검을 한 손으로 꽉 쥐었다. 손바닥을 파고든 칼날에 피가 뚝뚝 흘렀지만 그는 개의치 않고 주먹으로 천이의 안면을 가격했다.

퍼억!

뒤로 날아간 천이. 민혁이 바닥에 부드럽게 착지했다. 민혁이 손을 늘어트리자 손에서 피가 뚝뚝 떨어졌다.

마인이 된 천이는 강했다. 지금의 민혁이 식은땀을 흘릴 정도였다.

'대체 마인이 뭐길래.'

도통 이해할 수가 없었다. 어떻게 인간이 한 순간에 이렇게 강해질 수 있단 말인가.

물론 어느정도 제약을 받는 것 같긴 했다. C급의 각성자가 S급을 죽인다.

천이는 SSS급을 넘어섰던 강자. 그가 마인이 되자 믿을 수 없는 힘을 선보이고 있었다.

13인의 퍼스트 클래스가 떼로 덤벼들어도 모두 몰살 되었을 것이다. 물론, 13인의 퍼스트 클래스는 천이와 한이. 두 사람만으로도 충분히 죽일 수 있는 존재들이었지만.

입가에 묻은 피를 쓰윽 닦아낸 천이가 흐끗 주위를 둘러보았다. 사람들이 비명을 지르면서 바삐 도망치고 있었다.

바닥에 푹신한 잔디가 깔려 있었고 머지 않은 곳에는 하얀색 분수대가 물줄기를 뿜어내고 있었다.

곳곳에는 벤치도 보였다. 이 평화로움을 깬 것은 천이와 민혁이다.

"한이가 그러더군요. 피해야 할 사람이 딱 한 사람 있다고."

천이의 검이 그립부터 시작해서 검 끝까지 서서히 검게 물들었다.

인피니티 건틀릿이 진동했다.

'마기…….'

마인과는 처음 접해보는 민혁이었다. 자신의 인피니티 건틀릿은 분명히 마기를 흡수했던 적이 있었다.

인피니티 건틀릿은 마기를 분명히 기억하고 있었고 격하게 반응을 보이고 있었다.

분명하게 천이의 몸에서는 지금 마기가 보였다.

"내가 계승자여서 죽여야 하나?"

"……."

천이는 답하지 않았다.

"그분이 나를 죽이라고 류신에게 시켰을 테고, 네가 왔겠지. 류신은 바보가 아니다. 너를 통해 나를 죽이려 하다가 잃을지도 모르는데, 한이가 말한 너희 둘은 류신에게도 소중한 존재가 아니던가."

한이와 친분이 있던 민혁은 어째서 류신을 그들이 그토록 따르는지 알았다.

다섯 살, 두 사람은 버려졌고 길거리에서 쓰레기통을 뒤지던 둘을 당시 열다섯 살이었던 류신이 자신의 집으로 데려가 씻기고 옷을 입혔다.

류신의 집은 그 당시에도 재벌가였다. 어린 소년임에도 그는 공부를 잘했고, 성격도 좋았다.

자신들의 집에서 생활하라고 했다. 단, 일을 해야 한다고. 말이 일이었지, 류신은 두 사람을 하인이 아닌, 동생처럼 아끼고 대해주었다.

그러던 어느 날, 류신의 두 부모가 괴수들의 갑작스러운 출몰과 함께 죽었고, 류신은 그 때문인지 한이와 천이를 더욱더 가깝게 두고 아끼기 시작했으며 훌쩍 20대가 되었다.

두 사람이 각성자가 되었다는 걸 안 류신은 무척 기뻐하며 그들에게 최고의 후원을 해주었다.

그리고 백룡길드를 만들기 전 그리 말했다.

'너희와 함께 이 길드를 최고로 만들고 싶다.'

세 사람은 형제 같았다. 그 말을 들은 천이와 한이는 생긋 웃으며, 꼭 그리 하겠다고 다짐했다.

그의 기대에 부응하기 위해, 그를 최고의 자리에 앉히기 위해 천이와 한이는 노력했고, 비공식적이지만 세계에서 이길 강자가 없었다.

딱 한 사람. 염인빈을 제외하고서.

"그런데 너를 보냈다. 류신은 미쳤다. 그것을 받아들여라, 천이."

천이는 생긋 웃었다.

"다 아는 소리 그만하시죠."

안다. 류신은 미쳐가고 있다. 그의 검에 맺힌 검은 기운이 스멀스멀 아우라처럼 퍼져 나왔다.

민혁의 호흡이 가늘게 떨렸다.

화이트 드래곤?

저 검에 몇 초 사이에 양단되어 바닥을 굴렀을 것이다.

"전 그저 그분이 시키는 대로, 원하는 대로 할 뿐입니다."

천이의 검이 천천히 움직였다. 검이 움직일 때마다 잔영이 스쳤다. 천이에 대해서는 알지만 직접 보는 것은 처음이었다.

환상에 대해서는 얼핏 들은 이야기였고, 그가 정확히 어떤 검을 구사하는지는 민혁조차도 알 수 없었다.

"미치겠군. 계승자가 뭔지도 알려주지 않으면서, 니들도 날 왜 죽여야 하는지 모르면서 죽이려 하고. 이 미쳐버린 세상."

"저 역시 미치지 않고서야 살 수 없겠죠."

"그렇지."

두 사람이 고개를 끄덕였다. 천이를 죽인다.

자신을 죽이려는 자를 쉬이 넘길 순 없다.

먼저 움직인 것은 천이가 쥔 검은 검이었다. 그가 휘두르는 순간.

민혁의 눈이 커졌다.

콰지지직!

순간적으로 검이 길어지는 듯한 착각이 일었다. 민혁이 가깟으로 피해냈다. 허나, 그것은 착각이 아니었다.

뒤에 있던 하얀색 분수대가 양 옆으로 촤아악 갈라지며, 전선 때문인지 스파크를 파팟 튀겨대었다.

검은 빨랐고, 길었다. 그 사정거리가 30m는 될 것 같았다.

"크읍…!"

차크라를 흡수하지 않은 상태라고 해도 민혁은 분명히 강했다. 염인빈일 때만큼. 그런 그조차도 거리를 좁히는 것이 버거울 정도였다.

그의 오른 팔이 뒤로 젖혀졌다.

"대포탄!"

강한 힘이 그를 향해 쏘아져 나갔다. 천이의 검이 빠르게 좌아앗 좌아앗 움직이자 대포탄이 공기 중에 흩어져 버렸다.

타타탓!

대포탄이 무용지물이라는 것은 알고 있었다. 그 찰나의 틈을 타서 빠르게 거리를 좁히고 들어갔다.

주먹과 검이 거칠게 부딪쳤다.

"류신은 어디 있나."

"말할 수 없습니다."

"그가 하려는 일이 무엇인가!"

"그 역시도."

"대체 그분은 누구인가!"

"그건 저도 모릅니다."

그들이 한 번 한 번 부딪칠 때마다 바닥이 쩌억쩌억 갈라지고, 뒤에선 건물이며, 나무며 스르르 양단되고 있었다.

다행이도 주변에 사람들은 모두 피한 상황이었다.

두 사람은 거의 호각이었다. 특히나, 천이는 깜짝 놀랐다. 마계의 군주와 계약해서 얻은 몸이었다.

그 힘을 민혁은 너무나도 가뿐하게 쳐내고 있었다.

'계승자…'

그는 그 말을 속으로 곱씹었다. 그 순간이었다. 민혁이 눈을 감는 것이 보였다. 천이의 미간이 찌푸려졌다.

격전 중에 눈을 감는다?

3. 깨달음

NEO MODERN FANTASY STORY

RAID

신의 탄생

3. 깨달음

레이드

NEO MODERN FANTASY STORY

특별한 능력이라도 있는 것인가. 아니, 염인빈 일 때의 그는 눈을 감고 특이한 환상 마법 같은 능력은 펼치지 않았다.

그저 빠르고 강하였으며 말 그대로 전투에 특화된 사내였다.

민혁은 게티와 주먹을 부딪칠 때를 떠올렸다. 천이라는 존재는 지금의 자신으로써도 호각을 겨룰 정도로 강했다.

허나, 자신도 분명히 성장했다. 육체적인 성장이나 정신적 성장이 아니었다.

싸움에 대한 흐름. 그것을 더욱 부드러이 하는 것을 게티와의 싸움을 통해 배웠다.

후우읍!

하아아!

후우읍!

하아아!

눈을 감은 민혁의 귀로 슬로우 모션처럼 천이의 거친 숨소리가 퍼져 나왔다. 검이 움직이는 소리가 들리고 뒤에서 쩌저적 무언가 갈라지는 소리가 들린다.

천이의 검을 쥐지 않은 팔이 움직였다. 그 순간, 줄기같은 마기들이 수 십여 개가 뻗어와 그를 향해 솟구치려 했다. 그 힘에 직격당하면 온 몸의 힘을 빨릴 것 같은 기분이었다.

그는 물 흐르듯, 부드럽게 그것들을 모조리 양단시켜버렸다.

민혁은 자신을 향해 마기를 폭발시키려는 천이의 팔을 피하지 않고 접근했다. 쭈욱 뻗어진 팔이 민혁의 몸을 낚아채려는 순간이었다.

촤아앗!

그의 손이 빠르게 움직이며 천이의 팔을 가르고 지나갔다.

천이의 눈이 경악에 치켜 떠졌다. 팔이 잘려나가 바닥에서 팔딱팔딱 뛰고 있었다. 사람의 몸이 아니라, 마족의 것처럼.

그리고 곧 그의 팔이 잘린 부분에서 붉은 피가 쏟아져

나왔다.

"끄흐으."

절로 얕은 신음이 흘러나왔다. 민혁이 눈을 감는 순간, 모든 움직임이 그에게 꿰뚫어지기 시작했다.

"강해졌군요."

민혁의 눈이 천천히 떠졌다.

"아직 멀었어."

더 강해질 거니까.

천이는 자신의 끝을 알아챈 듯 싶었다. 천천히 그는 눈을 감았다. 민혁은 지체하지 않았다.

팔을 뒤로 젖혔고 힘껏 그의 목을 스치고 지나갔다.

스르르!

천이의 목이 바닥에 툭 떨어졌다. 몸이 중심을 잃고 기울었다, 곧 활활 타올라 재로 변하여 허공으로 흩뿌려졌다. 그 순간,

파아아아앗!

악마의 형상을 한 존재가 천이의 몸속에서 빠져나왔다. 천이와 계약한 군주의 부산물이었다.

[인간… 따위…가….]

"대체 니 새끼들은 정체가 뭐냐."

아마 마계의 놈인 것 같았다. 놈은 거칠게 민혁의 앞에서 포효했지만 그는 눈도 한 번 깜짝이지 않았다.

그가 허공으로 치솟아 오르려는 순간이었다.

"어딜 튀어?"

민혁이 양 팔을 쭈욱 뻗었다. 악마의 형상에게서 강한 힘이 느껴졌다. 저건 마기다. 인피니티 건틀릿이 좋아하는 맛있는 마기.

한 번 먹어본 놈이다. 위험하지는 않을 터.

[말도 안 되는…!]

"말 되거든? 나니까."

인피니티 건틀릿이 자신을 끌어당기자 놈은 깜짝 놀란 듯 싶었다. 곧 인피니티 건틀릿에 스며들어왔다.

놈이 거칠게 발버둥을 치고 있었다. 한 번 마기를 먹어봤고, 또한 육체가 강해졌기 때문인지 그때처럼의 찢어질 듯한 통증은 밀려오지 않았다.

스르르 곧 놈의 자아가 사라지고 마기가 민혁의 카르마로 저장되었다.

아주 많은 양의 카르마였다. 민혁이 뒤를 돌아봤다.

오재원과 최강현, 13인의 퍼스트 클래스들이 그에게 다가오고 있었다.

"류신, 지금 본부에 없겠지?"

"튀었지. 당연히. 네가 괴수들 싸그리 잡고 난 후부터 연락도 안 되더군."

민혁은 쓰게 웃었다. 역시 예상대로 그는 이미 튀었다. 어디로 간지는 모르지만 곧 잡아낼 것이다.

❖ ✣ ❖

한이의 눈동자에 흰자가 없었다. 검기만 한 눈을 끔뻑거리는 그의 옆에는 류신이 앉아있었다.

"아니야, 이렇게 하면 안 되지. 으응, 이렇게해선 그분을 만족 시킬 순 없어! 으흐… 만족시켜 줘야 해. 그래야만 해."

그는 미친 사람처럼 허공에 대고 중얼거렸다. 반쯤 얼이 나간 모습이었다.

한이는 천이가 죽었다는 사실을 접했다. 류신에게 그 사실을 전했음에도 그는 천이는 안중에도 없었다.

류신은 미쳐가기 시작하더니, 갈수록 심해지고 있었다.

그분이 이렇게 만들었다. 그분이 대체 누구인지는 모르지만 그의 주먹이 굳게 쥐어졌다.

류신을 이리 만든 자이기에 분노스럽기 그지없었다. 한이 자신도, 그분을 통해 힘을 받았지만 당장 그에게 검을 겨누고 싶었다.

그렇지만 류신이 그것을 원하지 않으니까. 그저 그의 옆을 지킬 뿐이다.

문을 열고 한 사내가 들어왔다. 긴 머리카락이 허리까지 오는 사내. 삐쩍 야위어있는 그 사내는 무미건조한 표정으로 류신을 바라보았다.

흘끗 한이를 돌아봤다. 한이는 그와 눈을 맞추지 않았다.

그에게서는 이질적인 기운이 느껴졌다.

"그날이 오고 있다."

그의 중얼거림. 그는 미친 사람처럼 중얼거리는 류신의 머리 위에 손을 얹었다.

그러자 류신의 표정이 한결 편안해졌다. 마치 마약쟁이가 마약을 한 것처럼.

"그 날이 오면 넌 구원받을 수 있을 것이다. 두 개의 달이 뜨는 날. 그분을 뵐 수 있을 거야."

사내는 류신에게 자신을 그리 말했다. 마계를 이끄는 군주 중 한 사람이라고. 정확히는 귀수의 마스터 왕위에게 강림했다고.

곧 이곳에 그들이 온다. 그리고 머지않아 그분이 강림하실 것이다. 두 개의 달이 뜨는 날에.

"강민혁… 계승자… 내가 움직여야겠어."

그의 낮은 중얼거림, 한이의 고개가 사내에게 돌아갔다.

❖ ❖ ❖

마인들이 종적을 감추었다. 백룡길드? 백룡 길드 자체는 사실상 무너지고 있었다. 류신이 한이와 함께 사라졌다.

그 때문에 전술대 대장인 헤이화가 류신의 빈자리를 대신하고 있었다.

그들은 끊임없이 세계에 압력을 받고 있었고, 백룡 길드는 완전히 너덜너덜해지고 있었다.

그렇지만 이 모든 소행이, 류신과 귀수의 소행이라고 그는 주장하고 있었다.

실질적으로 아무리 파봐도 백룡 길드의 사람들에게서는 계승자이니, 씨앗이니, 워프존에 관련된 이야기들을 들을 수가 없었다.

그리고. 서울의 한 공터에서 워프존의 흔적이 발견되었다. 역시나 중국과 연결되어 있었다.

민혁은 활인길드 본부에 마련된 자신의 침실에서 가부좌를 틀고 앉아 있었다.

그는 차크라 주머니의 바로 앞에 단단히 박혀 있는 무형검을 뽑기 위해 노력하고 있었다.

벌써 이러한 행위를 수 십 번을 반복하고 있었다. 자신은 지금 강하다. 허나, 그렇다고 한들 발록과 그 군사를 확실하게 막을 수 있다는 보장은 없었다.

그들도 더 강해져서 온다고 했다. 그렇다면 자신은 얻을 수 있는 건 최대한 얻어야만 하는 상황이었다.

무형검. 총 여덟 자루가 있다는 이 검을 얻어야 했다. 무형갑은 어떻게 쫓아야 하는지 갈피가 잡히지 않지만, 이 무형검은 깨달을수록 얻을 수 있다고 했다.

마음을 비우고, 무형검을 끄집어내기 위해 집중해보았다. 아주 가끔, 무형검이 흔들릴 때가 있었다.

그 흔들린다는 느낌 때문에 더욱더 민혁은 이 박혀 있는 무형검을 끄집어 내는데에 집착하고 있었다.

벌써 여덟 시간이 흘렀다. 특별한 일이 있지 않은 한, 그 누구도 방문하지 말라고 전했다.

덜덜덜덜

무형검이 진동한다. 어째서? 아직도 그 영문을 알지 못하겠다. 그는 최대한 마음을 비우고 머릿속의 생각을 떨쳐 내고 있었다.

간혹 얼핏얼핏 스치는 생각들이 있었는데, 그 틈 사이에서 무형검이 진동하고 있었다.

그것이 무엇일까.

똑똑똑!

누군가 문을 두들겼다. 하지만 그는 듣지 못했다. 워낙 집중하고 있었기 때문이다.

똑똑똑!

"어험, 미, 민혁아."

그의 눈이 크게 떠졌다. 익숙한 목소리, 그리고 자신이 미안한 사람. 아버지의 목소리였다. 그는 벌떡 몸을 일으켰다.

상체에 아무것도 걸치지 않고 있었기에 잘 개져 있는 와이셔츠를 걸치고는 조심스레 문을 열었다.

아버지가 뒷짐을 쥔 채 서 계셨다.

"바, 밥 먹으러 가시… 가겠니…"

아버지는 말을 더듬거렸다. 민혁의 미간이 찌푸려졌다. 그를 보자마자 심장이 덜컹 내려앉는 기분이었다.

오재원에게 부탁했다. 그들에게 해줄 수 있는 모든 지원과 보상을 해달라고.

그리고 일부러 그들에게 조금은 차갑게 말했다. 어차피 그들이 돌아설 것을 알았고, 그 때문에 자신의 정신이 그쪽으로 쏠릴 수도 있었기 때문이었다.

헌데 아버지께서 먼저 찾아오셨다. 평소처럼 습관적으로 등을 두들기려던 손을 거두시면서 기침을 하는 모습이 많이 불편해하는 것 같았다. 자신을 대하는 것이.

"예."

"그럼 어서 준비 끝내고 나오거라."

아버지는 불편한 얼굴로 말은 편하게 하시려 노력했다. 민혁은 안에서 지갑과 휴대폰만 챙기고는 밖으로 나왔다.

아버지의 차에 올랐다. 집은 좋은 곳으로 옮겨 드렸고, 좋은 가구들도 가득 채워 드렸다.

하지만 차는 신경 써 드리지 못했다. 드린 돈이 있으니 좋은 차 한 대 사시겠지 싶었다.

그렇지만 아버지는 여전히 꽤 오래전에 구매하신 승용차를 끄셨다.

"차도 말만 하면 바꿔줄 겁니다."

"돼, 됐어. 난 이게 편해."

"혹시라도 불편한 거 있으면 활인길드 원무과에 말씀하시면 처리해줄 겁니다. 뭐 처리조에 대한 대우나…."

"민혁아."

아버지의 목소리에 그는 그를 돌아보았다.

"난 아버지로써 옆에 있고 싶은 거지, 염인빈님의 사람 앞에 있는 것이 아니다."

민혁의 눈이 조금 커졌다. 자신이 바보일까? 아니면 이 아버지가 이상한 것일까.

자신은 그의 아들의 몸을 빼앗은 약탈자였다. 그랬기에 자신이 그들에게 가장 중요하다는 행복을 줄 수 없다고 여기고 있었다.

그래서 물질적인 것을 입에 계속 올렸을 수도 있다. 그렇지만 아버지는 다르게 나왔다.

자신에게 아버지로써라고 말했다.

"너 삼겹살 좋아하잖아? 그치?"

소고기보단 삼겹살. 민혁이 좋아하던 것. 그는 작게 고개만 끄덕였다.

함께 삼겹살 집에 들어갔다. 민혁에게 이목이 집중되었다. 훤칠한 키에 잘생긴 외모. 거기에 이번 괴수 사태를 막은 일등 공신이자, 이미 세상은 그가 염인빈이라는 사실을 인정하는 이들이 생겨나고 있었다.

물론 아직 인정하지 못하는 사람들이 더 많았다. 아무리 그래도 사람이 다른 사람 몸으로 들어간다는 게 가능할까 싶은 것이다.

3인분을 시켰는데 5인분처럼 수북하게 고기가 쌓였다.

"고마워요."

사장은 음료수를 서비스로 주면서 생긋 웃었다. 사람들과 눈을 맞출 때마다 그들은 서글서글 웃어보였다.

염인빈이든, 아니든 그 때문에 서울이 무너지지 않았으니까.

염인빈이 아니라고 생각해도 그는 아직 어린 청년으로써 아주 중대한 일을 해낸 것이 사실이다.

"우리 아들이 이렇게 인정을 받으니 아비로썬 기분이 좋구…."

탁!

민혁은 목이 탔던지 음료수를 바로 따서 입에 들이부었다. 거칠게 잔을 내려놓았다. 아버지의 말이 저절로 끊어졌다.

"절 통해서 강민혁이란 아이의 모습을 보려고 하지 마십시오."

만약 자신의 껍데기를 사랑하는 거라면, 그것은 안 되는 것이다. 자신도 불편한 거고 아버지와 어머니도 불편한 거다.

"여기 소주 한 병만 주시죠."

아버지가 손을 들었다. 종업원이 소주를 가져왔고 잔을 그에게 하나, 자신 앞에 하나 놨다.

그가 혼자 따르려 하자, 소주병을 받은 민혁이 그의 잔에 양손으로 따라줬다.

"아들이 주는 술을 다 먹어보고."

아버지는 쓰게 웃으며 거칠게 들이켰다.

"크…."

잔을 머리 위로 털면서 웃으시는 모습에 민혁은 어떤 표정을 지어야 할지 알 수 없었다.

"네 엄마와 내가 어제 이야기를 했다."

이야기. 자신의 이야기를 했다는 말 같았다.

"우리도 많이 혼란스럽지. 우리 아들의 모습을 하고 있는데 코리안 나이트라고 불렸던 염인빈님이라니. 그리고 그것을 너는 하나둘 증명해냈고, 말도 안 되는 힘을 보였으니까."

아버지가 빈 잔을 어루만졌다. 민혁이 다시 한 잔을 건넸다.

쪼르르!

"처음에는 이게 뭔가 싶었다. 우리 착했던 민혁이는 어디가고 다른 사람이 아들 몸에 들어가 있으니까."

황당할 것이다. 어처구니가 없었겠지, 그리고 어쩌면 자신의 아들이 머리가 돌았나? 생각했을 수도 있다.

"생각해보면 네 말처럼 이상했어, 갑자기 전교 1등에 차크라 구현을 하고."

답답했던지 그는 다시 한 잔을 들이키려 했다. 민혁이 양손으로 잔을 내밀자 아버지가 쓰게 웃으며 부딪쳐주었다.

민혁이 고개를 옆으로 젖혀 들이켰고, 아버지는 단숨에 비워냈다.

탁!

"활인길드의 관심을 받으며 인재대회에서 우승까지. 우리가 알고 있던 아들이 아니지."

아버지는 먼 허공을 보며 혼잣말 하듯 중얼거렸다.

"그런데 어제 네 엄마가 그러더라."

다시 빈 잔을 채우던 민혁이 아버지의 눈을 바라봤다.

"그래도 그 사람이 우리하고 있을 때, 웃을 때, 정말 우리 아들이라고 생각했다고. 내가 너에게 묻고 싶은 게 있다."

"물으십시오."

"한 번도 우리와 함께 있으면서 아버지, 어머니라고 생각한 적이 없었니?"

가슴을 후벼 파는 말이다. 처음 오혁수 앞에서 물러나지 않았을 때, 그리고 자신이 인재 훈련을 받기 위해 떠난 첫날 일찍 일어나셨을 때.

그리고 자신을 반겨줄 때, 웃어줄 때, 걱정해주었을 때, 쓴소리를 할 때 까지도.

'부모란 이런 거구나. 이 사람들이 내 부모구나.'

생각했다.

하지만 민혁은 대답하지 않았다. 아버지는 그것에서 긍정의 답을 본 듯 했다.

"난 분명히 너와 웃을 때마다 내 아들과 함께 있다고 생각했어. 네 엄마도 똑같이 느꼈고, 물론 힘들겠지. 한 번은 우리가 그럴지도 몰라, 네 앞에서 이제는 없어진 민혁이를 생각하며 울지도 몰라."

그렇지 않을 수 있다고 말하면 그것이 거짓이리라.

"그래도 너와 함께 지내면서 속 안은 달라도 아들이 아니라고 생각한 적은 없다."

자신이 두 사람과 지내면서 이게 내 부모님이구나 느꼈던 것처럼, 변한 모습, 변한 성격, 변한 행동조차를 보면서도 부모님은 내 아들이라고 여겼다.

"그런데 내가 널 염인빈 님이라고 불려야겠냐?"

그 물음에 민혁은 망설였다. 어쩌면 껍데기를 보는 것일지도 모른다, 허울 좋은 말로 포장되는 것일지도 모른다. 껍데기를 가진 자신을 옆에 두고 싶어하시는 것일 수도 있다.

그렇지만 아버지의 눈은 진심 같았고, 자신도 그들의 옆에 있고 싶었다. 그의 말처럼 힘들 것이다.

어떻게 자신을 그대로 받아들이겠는가.

"아닙니다."

민혁은 고개를 저었다. 그러면서 잔을 들이켰다. 아버지가 빈 잔을 채워줬다.

자신의 잔도 비우고 혼자 잔을 채웠다.

"잠은 집에서 자거라, 엄마가 걱정하신다."

"…네."

목이 메인 소리가 나왔다. 아버지가 어색하게 웃으며 잔을 내밀었고, 민혁이 양손으로 잔을 잡고 부딪쳤다.

탱!

두 사람이 술을 들이켰다.

"크! 처음으로 아들과 술을 먹으니, 기분 조오타!"

그렇게 말씀하시며 웃으셨다. 누구는 아버지에게 그럴 것이다. 저 사람은 당신 아들이 아니라, 염인빈이라고.

누구는 그럴 것이다. 강민혁, 너의 아버지는 진짜 네 아버지가 아니지 않냐고. 또 나이로 치면 거의 동갑 아니냐고.

그게 중요한가?

아버지에게 민혁은 자식으로 보였고, 민혁에게 두 사람은 부모님으로 보였다.

그것이면 족하다.

"엄마가 너 좋아하는 김치찌개 맛있게 끓여준다더라. 집에 와서 자, 길드 일도 바쁘고 한 것 알겠지만 말야. 사내새끼가 바쁘면 그럴 수 있어도, 영 얼굴 한 번 안 비추는 건 불효다."

"네. 아버지."

"먹자. 이그, 고기 다 탔네."

고기는 계속 익어갔고, 술잔은 비워져만 갔다. 그리고 두 사람의 이야기는 깊어져만 가고 있었다.

❖　✛　❖

　　아버지와 술을 걸친 후 다시 활인길드로 돌아왔다. 홀가
분한 마음으로 자신에게 배정된 방으로 들어가려던 민혁은
익숙한 사람이 도시락 통을 들고 있는 걸 발견했다.

　　미혜였다.

　　"미혜야."

　　"어디 갔다 왔어?"

　　그녀는 문과 민혁을 번갈아 바라봤다. 아마도 문앞에서
기다리고 있던 것 같았다.

　　"이건 뭐야?"

　　"도시락… 너 방에서 안 나온다고 사람들이 그래서 밥
안 먹었을까 봐."

　　여자의 눈치는 백단이랄까. 그녀는 민혁의 품에서 흘러
나오는 고기 냄새와 술의 향내를 맡았다.

　　"이미 먹었나보네."

　　"아, 근데 가볍게 먹어서 괜찮아."

　　민혁은 생긋 웃었다. 왜 이럴까. 이 사람들은. 자신이 염
인빈 임을 알면서도 전혀 다른 사람임을 알면서도, 강민혁
처럼 수용하고 사랑하고 있었다.

　　"정말, 괜찮아?"

　　"고기는 아버지가 다 잡수시고 나는 술만 먹었어."

　　거짓말이다. 5인분 받은 고기에 냉면까지 먹고 왔다.

거기에 술까지 찼으니, 배가 찢어지기 일보 직전.

"괜찮아."

민혁이 손을 내밀자 미혜가 도시락 통을 건네주었다. 3
단 도시락통, 신음이 나올 뻔한 걸 참으며 웃었다.

"잘 먹을게."

"응…!"

"참, 미혜 너 S급이라며 곧? 다른 애들도."

신의 탑에서 내려와서 들은 이야기였다. 아이들의 지금
급은 S-급이었다. 미혜는 S급에 오르기 직전.

이게 가능한가 싶기도 한데, 던전 관리국과 정부에서 그
들의 급을 인정했다고 한다. 실질적으로 그들이 보유한 차
크라와 다르게, 그들이 가진 갓 어빌리티 능력은 무시할 수
없는 수준.

거기에 지금도 계속 갓 어빌리티가 성장하고 있었다.

"헤… 어쩌다 보니 그렇게 됐네."

그녀가 머리를 긁었다. 정말 계속 강해진다. 믿기지 않을
정도로.

활인이 이 아이들을 통해 꽤나 많은 강자들을 보유하게
되었다. 그리고 어쩌면 발록의 군사와 싸울 힘을 보강한 것
이라 할 수 있다.

"머리 바뀠네. 귀 뒤로 넘긴 게 낫다."

"고, 고마워. 나 이만 가볼게… 자, 잘 자!"

미혜는 민망했던지 볼이 새빨개졌다. 그는 쓴웃음을

지었다. 그러다가 홱 고개를 틀었다.

"무어하고 미혜하고 머리끄댕이 잡고 싸우는 건 아닌지 모르겠군."

두 사람이 있을 때, 자신이 사이에 껴있으면 어마어마한 일이 벌어질지도 모르겠다. 도시락통을 들고 안으로 들어온 민혁은 생긋 웃었다.

1층에 김밥, 2층에 샌드위치, 3층에 과일이 있었다.

그는 그것들을 먹기 시작했다. 배는 불렀어도 계속 먹었다. 이러면 안 되는데, 저 소녀에게 계속 마음이 간다.

'이건 원조교제 수준이 아닌데.'

실제 정신연령으로 따지면 20살 이상이 차이가 난다.

쓰게 웃은 민혁이 침대에 다시 가부좌를 틀고 앉았다. 마음이 한결 편안해졌다. 가부좌를 튼 그가 호흡을 편안하게 쉬기 시작했다.

엄지와 검지를 둥글게 만 그가 양반 다리 한 무릎 위에 올렸다.

그는 다시 무형검을 쫓기 시작했다.

깨달음. 그 첫 시작이 무엇일까. 무엇이 무형검을 움직일 수 있을까.

세 시간이 훌쩍하고 지나갔다.

또 다시 무형검이 덜덜 떨리고 있었다. 이번에는 이제까지 느꼈던 그 떨림들보다 더 강렬했다.

그러나 민혁은 그것을 의식하지 못하고 있었다. 그는

소리를 쫓고 있었다.

그 소리에는 웃음이 가득했다. 절로 듣고 있으면 웃음이 난다. 그의 입가에 작은 웃음이 맺어졌다.

타타탓!

문이 보이는 곳을 향해 뛰고 있었다. 어느덧 문 앞에 다다른 그는 활짝 웃으며 문을 열어 젖혔다.

밝은 빛이 그 안의 사람들을 향해 내리쬐고 있었다. 오재원이 보였다. 그는 생긋 웃으며 한 쪽 다리를 꼬고는 찻잔으로 목을 축이며 고개를 저었다.

'저놈은 맨날 한 발자국씩 늦어요.'

이수현이 그 옆에 서서 그를 보며 생긋 웃더니, 작게 목례를 취했다.

'오셨습니까.'

그들의 앞에는 부모님이 있었다.

'왜 이제 왔어?'

'뛰어왔니? 다치면 어쩌려고.'

생글생글 웃는 민혁의 시선이 이번엔 다른 곳으로 향했다. 미혜와 무어였다. 두 사람이 함께 민혁의 앞으로 성큼 다가와 그의 손 하나씩을 붙잡고 이끌었다.

'왜 이렇게 늦었어, 민혁아.'

'민혁이라니? 인빈 씨거든!'

'저한테는 민혁이거든!?'

'미혜야, 좋은 말 할 때 그 손 놓으렴. 스승님 것을 빼앗

으면 못 쓰지?'

'민혁이는 저를 더 좋아할걸요? 무어는 나이가 있잖아요!'

'…호호, 우리 미혜. 오랜만에 훈련이나 한 번 받을까?'

'싫어옷!'

두 사람이 티격태격한다. 그들의 손이 풀리자, 그의 앞에 세 사람이 있었다. 중태와 현인, 스미스였다. 중태와 스미스는 바둑을 두고 있었고, 그 앞에 선 현인이 양 팔짱을 끼고 고개를 저었다.

'저 재미없는 걸 왜 하는지, 그치 대장?'

그러면서 픽 웃었다.

'왔어? 민혁아, 너 기다리느라. 뱃가죽이 등짝에 다 붙었다.'

중태가 코를 씰룩이며 웃었다.

한 쪽 눈이 없는 스미스.

'난 남은 눈 한 쪽이 빠질 뻔 했다고.'

하얀 이를 드러내며 웃었다. 그들의 뒤로 수많은 사람들이 생겨나기 시작했다.

노민후를 비롯해, 오혁수, 이길현, 그리고 몇 분대의 분대원들, 얼굴을 아는 사람들, 스쳤던 인연들. 옆집의 꼬마 아가씨.

그들 모두가 자신에게 손을 흔들고 있었다.

'늦었지, 내가 좀.'

'우우우우!'

그가 머리를 긁적이며 말하자, 그들이 야유를 흘렸다. 이 사람들 지키고 싶다.

이 사람들이 행복하게 해주고 싶다, 언제나 웃을 수 있게 하고 싶다. 이처럼 여유롭고, 행복한 삶을 가지고 싶다.

덜덜덜덜!

그는 느끼지 못하지만 무형검의 진동이 격해지고 있었다.

더 강해지고 싶다. 이 사람들을 위해.

아직 부족하다. 더 더더. 높게 오르고 싶다.

덜덜덜덜!

땅을 비집고 무형검이 서서히 뽑히기 시작했다.

후우웅!

완전히 뽑혀져 나온 무형검이 그 모습을 드러냈다. 바닥을 향했던 검 끝이 허공을 향하며 두둥실 차크라 주머니 바로 앞에 웅장한 모습을 보이고 있었다.

그 순간, 민혁의 눈이 번쩍 떠졌다.

촤아아아!

그의 눈이 떠진 순간이었다. 형체가 없는 무언가가 스르르, 그의 앞에 있는 기다란 테이블을 두 쪽으로 부드럽게 양단했다.

테이블은 위쪽은 나무였지만, 다리는 쇠로 이루어져 있었다. 너무나 가볍게 썰린 모습에 민혁이 깜짝 놀랐다.

소리도, 형체도 없었다.

그렇지만 그 날카로움은 이루 말할 수 없을 정도였다.

그가 자리에서 몸을 일으켰다. 그는 지체하지 않고 육체 단련실로 향했다.

활인길드 본부 내에 위치한 육체 단련실에는 다양한 기구들이 놓여있었고, 사람의 형체를 본뜬 나무 인형도 있었다.

주로 몸을 사용하는 각성자들이 이 나무인형을 향해 주먹을 휘두르곤 했다.

다행이도 밤인지라 사람은 많이 없었다.

민혁이 손을 뻗으며 무형검을 구현하겠다 생각한 순간이었다.

차크라 컨트롤과 흡사했지만 완전히 다른 검 하나가 민혁의 손에서 뻗어지고 있었다.

그는 그저 가볍게 나무인형을 향해 휘둘렀다.

스르르!

투욱!

베이는 느낌조차 없었다.

허나 나무는 반으로 쪼개져 양 옆으로 풀썩 쓰러졌다.

'드디어 한 자루의 무형검을 얻었군.'

처음이 어렵다 할 뿐이지, 하나 둘, 얻기 시작할 수 있을 터였다.

지키고 싶다는 강한 의지.

그것이 깨달음이 되어 첫 번째 무형검을 구현시켰다. 아
버지와 미혜 덕분이었다. 그는 생긋 웃으며 자신의 방으로
돌아갔고, 육체 단련실 관리자가 깨끗하게 썰린 나무인형
을 보곤.

"어떤 미친 새끼가 이걸 반쪽으로 쪼개놨어? 아놔, 빡
쳐!"

소리치며 머리를 쥐어뜯었다.

4. 마인습격

NEO MODERN FANTASY STORY

RAID

신의 탄생

4. 마인습격

레이드

NEO MODERN FANTASY STORY

촤아아아아!

하와이의 샤크스 코브 남쪽에서 머지않은 곳에 위치한 해변인 쓰리 테이블스. 3개의 산호가 물 밖으로 드러나 있는 모습 때문에 쓰리 테이블스라고 불리는 아름다운 해변.

뒤쪽으로는 우거진 숲이 있었고 야자수 나무가 곳곳에 자라 있었다.

회색빛 머리카락이 허리까지 오는 여인이 있었다. 그녀는 꽃이 그려진 원피스를 입고 있었는데, 뒤태만 보아도 남정네들이 침을 꿀꺽 삼킬 정도로 라인이 도드라졌다.

앞모습도 만만치 않았다. 창백하다고까지 생각할 정도로

하얀 피부, 앵두보다 더 붉은 입술에 오똑하게 솟아오른 코. 특이하게도 머리칼처럼 회색 눈동자를 가진 그녀는 아름답기 그지없었다.

그녀의 머릿속을 주마등처럼 스치는 것들이 있었다.

그녀의 기억은 아니다. 단지, 누군가 그녀에게 지시하고 있을 뿐이다. 그녀가 하얀 색 샌들을 잘 벗어놓고 푸른 빛 바다를 첨벙첨벙 밟아 보았다.

다시 나왔을 땐, 발에 덕지덕지 묻는 모래들로 인해 끈적이는 느낌이다. 왼 손에 샌들 두 짝을 모두 든 그녀는 귀 뒤로 머리카락을 넘겼다.

"계승자… 염인빈… 강민혁."

그녀는 중얼거렸다. 생긋 웃은 그녀의 하얀 이가 드러났다.

"이젠 가도 되는 건가요? 그분에게."

그녀는 하늘을 올려다보며 질문했다. 마치 구름이 답하기라도 한 듯 더 활짝 웃은 그녀가 걸음을 옮기기 시작했다.

❖ ❖ ❖

세계의 이목이 대한민국에 집중되었다. 이유는 하나다. 바로 오늘, 13인의 퍼스트 클래스의 인원들 모두가 대한민국 땅을 밟기 때문이었다.

그들이 대한민국에 오는 이유는 간단하다.

현재 세계는 발 빠르게 4월 16일과 17일의 모든 일을 중단하고 대피하라는 이야기를 전파하고 있었으며 국가가 그날 따로 통제를 시작할 것이었다.

허나, 의혹을 가지는 이들이 분명히 있었다. CNA와 세계적인 뉴스채널에서는 분명히 이러한 행위가 발록과 군사를 대비하고 세계인들을 지키기 위한 방편이라고 보도하고 있었지만, 자신들이 모르는 일을 진행하는 것이 아니냐는 의혹이 제기 되고 있었다.

혹은 13인의 퍼스트 클래스가 속한 대부분 강대국인 그 나라들이 무언가 하려는 게 있는 건 아닐까 했다. 그만큼 이틀 동안 전 세계의 모든 일이 멈춘다는 것은 쉬이 볼 수 없는 광경이었다.

물론 세계의 국가는 발록이 그 나라에 나타나지 않으면 곧 바로 대피령을 해지 할 권한도 가지고 있긴 하지만. 그건 나라에 따라 다를 것이다.

때문에 이건 그들에게 보여주는 식이었다. 이번 발록과 군사를 막을 핵심은 바로 대한민국에 있었고, 그 중심 길드가 세계 삼대 길드라 불리는 백룡 길드도, 세린디피티도, 차일런스도 아닌 활인길드임을 알리기 위해 그들이 전부 방문하는 것이다.

세계는 4월 16~17일만큼은 활인길드의 오재원 마스터의 말을 대부분 수용하는 것까지 이야기가 나오고 있었으며,

철저하게 13인의 퍼스트 클래스는 강민혁의 명령을 따르게 될 것이다.

이 부분에 관련한 말도 실상 많다.

강민혁이 염인빈이다. 아직 믿지 못하는 이들이 많았기 때문이다. 허나, 13인의 퍼스트 클래스와 11개국의 길드의 마스터들은 그 자리에서 강민혁이 염인빈이다라고 확실히 인지했다.

거기에 천이와 그의 격전을 본 그들은 입을 벌리고, 놀랄 수 밖에 없었다.

두 사람의 신위 모두 말도 안 되는 것이었기 때문이었고, 결국 목이 떨어진 게 천이라는 사내였기 때문이다.

그들은 13인의 퍼스트 클래스와 시크릿 에이전트가 모여도 강민혁을 이기지 못한다고 이미 머리에 단단히 인식되었다.

"어우… 나 저기 가기 싫다. 형님, 나 빼줘요."

최강현이 오재원의 사무실에 걸린 벽걸이 TV로 뉴스를 보면서 치를 떨었다.

한 리포터가 김포 공항의 모습을 담고 있었고, 헬기에서 촬영한 장면 역시도 스쳤다.

20만 명 이상의 인파가 몰렸다. 김포공항 주위로. 그들은 할리우드의 스타들만큼이나 높은 이름을 가졌다.

특히나, 그들의 방문을 환영하는 의미로다가 대통령이 서울에서 폭죽 놀이에, 애국가에, 가수 초청 공연까지 지시하셨을 정도니 혀가 내둘렸다.

　-30분 후면 13인의 퍼스트 클래스들이 탄 세린디피티 전용기가 김포공항에 도착하게 됩니다.

"리포터는 예쁘네."

최강현은 최혜진이라는 이름이 뜬 리포터를 보면서 몸을 긁었다.

"가기 싫음 가지 마."

"정말?"

재원의 말에 그가 화색을 띄었다.

"네가 욕 쳐 먹지 내가 먹냐. 최강현 그 또라이가 이 중요한 행사에 참석도 안 했네, 그런 말 나오겠지."

민혁이 그거 잘 됐다는 표정이다.

"좋다, 야 너 그냥 나가지 마. 여기 짱박혀서 폰 게임이나 해."

최강현이 고개를 저었다. 내가 댁들하고 무슨 말을 하겠수 하는 표정이었다. 공식 석상에 모습을 드러내는 걸 싫어하는 최강현마저도 이번 행사는 참여해야 한다는 걸 인지하고 있었다.

세계의 이목이 집중되고 있으니까.

이수현이 노크를 하고 들어왔다. 그도 멋들어지는 정복을 차려입었다. 오재원도 만만치 않았다.

그가 입은 옷의 광배근 쪽에는 그가 이제까지 받은 무수한 훈장들이 가득했다.

레이트

"어우, 훈장 때문에 어깨 무거워 죽겠다."

그의 자랑하듯한 말에 강현이 픽 웃으며 민혁을 돌아봤다.

"저거 엿 바꾸면 하나도 안 줄 건디."

"하나나 주면 양반이지."

오재원이 어이없다는 표정이었다. 그러고보면 민혁도 인빈일 때 무수히 많은 훈장을 받았고, 훈장 모두는 그가 죽었을 때 재원이 보관하게 되었다.

자신의 서랍 맨 밑에.

"너도 훈장 줘?"

"그냥 너 나중에 엿 바꿔 먹어."

"엿 먹으라는 소리 같네요."

이수현이 한술 더 떴다.

오재원이 소파에 다리를 꼬며 앉아 담배를 입에 물었다.

"시크릿 에이전트는."

"아직."

시크릿 에이전트 중 유일하게 딱 한 명 민혁이 알고 있는 이는 용군주 알렉산드르였다.

알렉산드르는 지원계 각성자였다. 그렇지만 그는 공격계들도 치를 떨 강자였다.

그는 테이밍 기술을 주로 구사하고는 했는데, 그가 끌고 다니는 괴수가 하나 같이 S급을 넘어서는 괴수들이었다.

또한 그가 아끼는 괴수 중에는 풍용이라 불리는 놈도 있었는데, SS+급의 네임드 괴수였다. 당장에 알렉산드르는 그 급을 떠나서 발록과 군사를 상대할 때 가장 막강한 힘을 구사할 것이다.

그와의 민혁의 관계가 인연이라고 하기엔 무색하다. 악연에 가깝지. 보통 급 높은 괴수를 테이밍 할 때는 그 괴수를 거의 죽음까지 몰고 가야 한다.

그래야 테이밍이 편해진다. 러시아에 인빈일 때 지원을 갔을 때, SS급 거북드래곤이 나온 적이 있었다.

놈은 드래곤의 형상에 등에 거북이 등껍질 같은 갑각을 가진 놈으로써 입에서 브레스를 뿜어대는 놈인데, 도심을 흔들어놨길래 거의 죽기 직전까지 몰아갔더니, 갑자기 짠 나타난 알렉산드르가 테이밍을 해버렸다.

그 모습을 보고 그는 벙찐 표정으로 알렉산드르를 보았고, 알렉산드르가 눈썹 옆에 검지와 중지를 붙이고 쨍긋 윙크를 했었다.

그 모습을 보고 화가 나서 뒈지게 팬 기억이 있었고, 어찌저찌하여 알렉산드르는 민혁을 싫어할 수 밖에 없게 되었으며 그도 그 재수 없던 행동에 알렉산드르가 조금 싫긴 했지만, 민혁이 먼저 연락을 취했다.

전화 같은 방법은 아니다.

시크릿 에이전트. 그들이 사용하는 전용 메일을 이용했다.

간단하고 짧게.

ㅡ연락해라, 또 맞기 전에.

알렉산드르와 시크릿 에이전트들은 바보가 아니었다. 이 가볍게 던진 한 마디의 파장을 알 것이다.

거기에 강민혁이 시크릿 에이전트도 굴복시키려 한다는 이야기가 있었다, 그들이 오지 않으면 먼저 나서는 것은 강민혁이 될 것이다.

그들도 분명히 그의 무위를 보았을 것이고, 특히나 알렉산드르는 그의 무서움을 직접 겪어 보았기에 얼마 지나지 않아 연락이 올 것이다.

그들이 함께 나섰다. 1층에 백여 명의 길드원들이 대기 중이었으며 어지간해선 대장급들은 모두 소집되었다. 또한 화랑과 워스트 쪽에서도 각 오십여 명 씩의 길드원들을 통제를 위해 지원해주기로 했다.

바깥에 줄을 잇고 세워진 검은 색 차량을 타고 그들이 이동했다.

김포공항에 가까워지기 시작하자 교통통제를 하는 무수히 많은 경찰들과 의경들이 보이기 시작했으며, 길을 꽉 메운 사람들도 보였다.

다행이도 사람들은 활인길드 차량임을 확인하고 길을 빨리 터주기 시작했다.

시간보다 여유 있게 도착했다. 민혁은 일행과 함께 담배를 한 대 여유 있게 빨았다.

실질적으로 오늘의 메인은 강민혁이 될 것이었다. 수북하게 몰려든 기자들과 시민들, 그들은 오재원과 강민혁 등등을 구경하려 했지만 이미 경찰들과 활인 길드원들이 양옆으로 줄을 만들어서 통제를 하고 있었다.

그렇지만 찰칵찰칵 터져대는 눈부신 카메라 플래시는 분명히 성가셨다.

"와, 존잘….."

"강민혁, 핵존잘 생겼는데?"

"와. 오재원 마스터님 봐, 어떻게 저 나이에 저런 멋이….."

"이수현 님은 어떻고, 와 저 손등에 핏줄….."

"봤냐? 나 아직 안 죽었다."

오재원이 이죽이며 웃었다.

"난 핵존잘 생겼다는데. 저거 뭔소리냐."

"어, 그거 핵 쳐 맞은 것처럼 좆같이 생겼다는 거야."

"아… 좆같이 생겼냐. 내가 그렇게."

오재원보다도 더 신세대들의 언어를 모르는 민혁이었다. 그들 곁으로 이제 막 차에서 내린 중태 일행이 다가왔다.

그들도 이목을 한 몸에 받았다. 특히나, 김미혜의 인기는 국내 최정상의 여자 아이돌 못지않을 정도다.

"꺄아아악! 언니, 여기 손 한 번만 흔들어주세요!"

"야야, 봐봐 존내 이뻐, 존내 이뻐."

"헐. 이태희는 바를 것 같은데…"

그녀는 민망하게 웃을 뿐이었다.

"미혜야."

"응?"

"내가 그렇게 핵 맞은 것처럼 생겼어?"

"무슨 소리야?"

엉뚱한 소리를 하자 미혜가 고개를 갸웃해보였다.

"하나, 이놈의 인기."

최강현이 자신의 콧대 위에 손을 올리더니 짝다리를 짚고 기둥 한켠에 등을 기대었다. 그리고 한 쪽 다리는 살짝 뒤로 젖혔다.

모델처럼 기대어 담배를 꼬나문 그는 길게 연기를 뿜었다.

"지랄한다."

오재원과 민혁이 동시에 뱉은 말이다. 공식 석상에 모습을 드러내지 않으며 신비주의를 유지하던 놈이 더하면 더했지, 덜하지 않은 모습이다. 그 모습을 보며 이수현과 중태 일행이 키득이며 웃었다.

시간이 되었다. 쉬는 시간은 끝났다. 곧 있으면 13인의 퍼스트 클래스가 도착할 것이다.

나름 그들도 바쁜 시간을 쪼개 오는 것이기에 준비를 갖추어야 했다. 활인길드의 인원들이 공항 안으로 들어섰고, 통제는 경찰들이 주도권을 가졌다.

활인길드원들이 일렬로 쭉 섰다. 공항 안에도 사람이 가득했고, 경찰들도 많았다.

오재원과 일행이 걷는 부분은 당연히 통제를 하기에 없었다. 역시 이번에도 길을 만들었다.

쏴아아아아!

흠칫!

민혁의 미간이 찌푸려졌다. 갑자기 심장이 쿵쾅쿵쾅 뛰었다. 식은땀이 등 뒤로 흘렀다.

뭔가 강한 이질감이 느껴졌다. 절로 등 뒤가 서늘해지는 느낌이었다. 살면서 처음 느껴보는 기분.

민혁의 고개가 천천히 돌아갔다.

휴대폰을 들고 연신 사진을 찍어대는 사람들 틈에서였다. 남들보다 유독 더 머리가 흑발인 여인이 있었다.

피부는 아파 보일 정도로 하얀 여인은 아름답기 그지없었는데, 붉지 않고 검은 입술이 보였다.

민혁의 포켓 안의 압축된 인피니티 건틀릿이 진동하는 게 느껴졌다.

머리도 경고했다. 위험하다.

그의 눈이 잠깐 깜빡인 순간이었다.

등 뒤를 서늘하게 했던 그 느낌이 씻은 듯이 사라졌다. 그리고 그 여인도 없었다. 아무리 둘러봐도 그녀는 없다. 마치 아무 일도 없던 것처럼, 자신이 잠깐 현기증을 느끼고 멀쩡해진 것 같은 기분이었다.

'착각…?'

요새 신경이 예민했다. 하지만 착각이라고 하기에는 방금 전 그 서늘한 느낌은 진짜였다.

'착각이 아니다.'

불길한 예감이 들었다. 무언가 일이 일어날 것만 같았다.

"꺄아아악!"

"와아! 줄리안 무어다!"

"어떡해! 스피로스야! 저 단단한 근육 좀 봐!"

"다이스케? 저 할아버지는 뭔데, 공항에서 담배를 피면서 나온대? 노망났나."

갑자기 확 시끌벅적해졌다. 13인의 퍼스트 클래스가 입국 절차를 마치고 한 사람 한 사람 김포공항으로 들어서기 시작했기 때문이었다.

김포공항 안에서 어제 밤부터 대기하고 있던 사람들은 격한 환호성을 터트렸고, 드문드문 플랜카드도 찾아볼 수 있을 정도였다.

이중 인기가 가장 많은 이는 줄리안 무어와 예상 외로 스피로스였다.

"와, 어떡해. 나 눈 마주쳤어."

"지랄, 나랑 마주쳤거든!?"

"저 근육 좀 봐…."

"스피로스, 오빠… 날 자빠트려 줘요."

여성들의 대부분의 시선은 스피로스에게 향해 있었다.

스피로스는 군인 같은 단단한 체격과 얼굴만큼은 남성미가 흠씬 풍겨지는 모습이었다.

거기에 짧은 금발 머리카락과 단단한 몸이 매치가 잘 되었고, 옷 스타일도 좋은 편이었기에 여성들에게 인기가 많았다.

"강민혁한테 한 대 쳐 맞고 날아갔다는 걸 알면 여자들이 좋아할까?"

오재원과 일행이 양 옆으로 통제를 하는 길드원들의 딱 중간에 서서 그들을 기다렸다.

"거기에 애정결핍까지 있다는 걸 알면 재밌겠지, 밤에 곰인형을 껴안고 잔다는 소문도 있던데."

민혁이 말을 받았다.

"저 새끼도, 이 새끼 급이야."

오재원이 턱으로 강현을 가리켰다.

"저딴 병신하고 비교하지 마요. 행님."

최강현이 미간을 찌푸리면서 부정했다. 민혁이 재원의 옆에 함께 섰다.

"느낌이 좋지 않아."

재원의 미간이 찌푸려졌다. 그가 민혁을 향해 시선을 돌렸다. 장난을 치는 것 같지는 않았다.

"뭔가 불길해."

"…흐음."

불길하다. 민혁의 감은 대부분 잘 맞는 편이었다. 무슨 일이 생긴다? 오재원의 머리는 빠르게 이미 계산을 하고 있었다.

허나, 경계를 강화할 수 있을 뿐. 지금 할 수 있는 건 없었다. 현재 이들의 방문 때문에 어마어마한 인원들이 통제에 나서고 있었으며 화랑에 워스트 길드도 있었다.

거기에 이들은 이곳에서 곧 바로 한식집으로 가서 불고기와 갖은 대한민국 음식을 맛보고 기자를 향해 이렇게 말해야 했다. '불거기, 저엉말, 마있어요.'

그리고 오후 2시에서 4시 사이에는 열 한 대의 차를 이끌고 그들을 환영할 국민들 사이를 퍼레이드 형식으로 누벼야 했으며 밤 일곱 시에는 한강공원으로 넘어갈 것이다.

그곳에 무대를 설치하고 통제를 하면서 마치 영화회 사회처럼 간단한 인사말이나, 팬미팅 비슷한 형식을 진행하며 앞으로 있을 결전에 대한 의지도 다지게 된다.

그 자리에는 대통령과 국무총리, 다양한 국내 인사들이 참여할 것이다.

이 모든 것? 사실 오재원이라면 취소할 수 있다. 허나 문제 되는 것은 이것은 민혁이 '확신' 하는 것이 아닌 '추측' 하는 것일 뿐이다.

그것으로 모든 일을 무마할 순 없었고, 세계의 이목도 집중되어 있었다. 마치 지금 취소해버리면 월드컵 우승전이 우리나라에서 열리는데, 선수들에게 '야, 일본가서 공 차.'

하는 격과 다르지 않은 것.

"이수현."

"네."

"경계 강화하도록. 수상해 보이는 자나 위험요소 같은 것 최대한 없도록 하고. 앞으로 만나게 될 주요인사들한테 1분대 급의 길드원들을 붙여 호위한다."

"알겠습니다."

지금은 명령을 내리는 것이 최선의 방법이었다.

선두로 선 화려한 미모의 줄리안 무어가 재원의 앞으로 성큼 다가와 손을 내밀었다.

"우리가 악수라니, 포옹 정도는 해야는데."

그녀는 두터운 친분을 가진 자신들이 웬 악수인가 싶었다.

"기사 난다. '샌드의 악녀가 사랑한 국내 삼대 길드 마스터는 누구?' 라고."

"하여튼, 한국 기자들이란."

작게 농담으로 인사했다. 한 사람, 한 사람. 민혁도 그들과 악수를 취하면서 작게 웃어 보였다. 그러나 작게 움직이는 입은 살벌했다.

"다이스케."

딱밤의 추억이 있었기에 다이스케가 흠칫 눈을 떨었다.

"공항 안은 금연이다. 일본에는 도덕 시간이 없나?"

"크흠. 주의 하겠네."

민혁이 엄지와 검지를 말자 그가 시선을 바닥으로 깔았다. 그는 아직도 그때만 생각하면 이마가 시큰시큰거렸다.

곧 쾌활하게 웃으며 오재원과 인사를 나눈 스피로스가 민혁과 악수를 하면서 얼굴이 조금 굳어졌다.

"인기 많네?"

"하하. 그, 그렇군요. 대한민국의 여성분들 역시 무척 아름다워요."

"그렇지? 밤에 누구 한 명 꼬시면 네 여자친구한테 전화한다."

민혁이 생긋 웃으며 그의 어깨를 툭 쳐줬다. 그와 악수를 할 때마다 13인의 퍼스트 클래스들은 긴장했다.

모습은 달라도. 그는 분명히 코리안 나이트라 불렸던 강자였으니까. 지금 대한민국의 입지는 다시 하늘 높이 치솟고 있었다.

그의 귀환은 그만큼의 힘을 발휘하고 있는 것이다.

수많은 인파를 헤치고 그들이 모두 리무진 차량에 올랐다. 식사를 하러 가기 위함이었다. 그들 한 사람, 한 사람을 둘러보는 민혁은 공항에서와 달리 웃음기가 사라져 있었다.

"불길한 느낌이 스친다. 이상한 여자를 본 것 같은데, 눈 깜짝할 사이에 사라졌어."

그 말에 모두가 의아한 표정이었다.

강민혁이라는 사람이 착각을 했다고 보기에는 어렵다. 그리고 더 놀라운 사실은 이상한 여자가 눈 깜짝할 사이에 사라졌다는 것이다.

그렇다면 강민혁이 놓쳤다는 것이 된다. 그들의 표정도 심각해졌다.

"귀수가 움직이지 말란 법은 없으니까."

다이스케가 자신의 잘 눕혀져 있는 두 개의 일본도를 어루만졌다. 지금 그들은 몸을 숨기고 잠적했다고 할지라도 언제, 어디서 불시에 모습을 드러낼지 모르는 게 사실이니까.

"그들이 원하는 것이 무엇일까."

아무도 답할 수 있는 사람은 없었다.

"오늘 놀러 온 게 아니라, 세계인에게 믿음과 안심을 주기 위해 방문했다는 걸 전부 명심해라. 또한, 경계를 늦추지 마라."

모두가 그 말에 순순히 수긍했다.

❖ ❖ ❖

13인의 퍼스트 클래스들은 빼곡한 일정을 소화하고 있었다. 내일 점심 쯤에 그들은 다시 각 국으로 돌아갈 예정이었다.

오늘 마지막으로 남은 일정인 한강공원으로 13인의 퍼스트 클래스를 위해 웅장한 무대가 세워져 있었다.

한강공원을 선택한 이유는, 무수히 많이 몰릴 시민들을 수용할 수 있는 공연장이 없었기 때문이다.

그만큼 지금 사람들은 많았고, 또한 한강공원자체가 탁 트였기 때문에 더욱 많은 이들이 그들을 볼 수 있을 것이며, 촬영을 할 방송국들도 수월해질 것이었다.

13인의 퍼스트 클래스들에게 대기실이 배치되었다. 한 사람당 하나씩이었다. 그들은 연예인처럼 대부분의 사람들이 코디네이터나 길드의 사람들을 몇 명씩 데리고 왔기 때문에 여러 명이서 쓰기에는 대기실은 분명히 비좁았다.

민혁도 개인 대기실을 받았는데, 가장 넓고 컸다. 그는 부드러운 미소를 지으며 나서는 이민근 대통령에게 활인의 경례를 취해 보였다.

"이따가 봅세."

이민근 대통령은 사실 힘이 없다. 아니, 세계의 모든 대통령들은 힘을 잃었다. 이제 그 축은 대부분, 그 길드를 이끄는 길드 마스터들이 더 가지고 있는 편이다.

그래도 이민근 대통령은 최대한 국민들에게 좋은 방안과 각성자들을 돕고, 대한민국이 나아갈 수 있게 힘쓰는 대통령으로써 지지율이 높았다.

그가 나서고 민혁은 시작시간이 20분 남짓 남은 걸 확인했다. 500ml생수병을 들어 벌컥벌컥 들이킨 민혁은 화장실로 가기 위해 대기실을 나섰다가. 우뚝 멈췄다.

또 다시 이상한 느낌이 들었다. 이번에는 아까와는 달랐다. 아까 전의 그 느낌이 위압적이고, 등골이 서늘해졌다면 지금 느끼는 기분은 따뜻했고, 보드러웠으며 절로 자신을 끌어 들이는 느낌이었다.

그의 고개가 천천히 돌아갔다.

그곳에는 회색의 머리칼을 가진 외국인 여인이 있었다. 나이는 스물 한 살? 두 살 정도로 보였다.

천천히 그의 앞으로 다가오는 그녀. 민혁은 피하지 않았다. 그녀가 자신을 위해 있는 사람이다. 라고 머리는 이미 인식해 버렸다.

그녀는 조심스레 그의 손을 잡았다. 굳은 살이 단단히 박힌 그 손. 허나, 그녀의 손은 새하얗고 부드러웠으며 민혁의 손의 반밖에 되지 않았다.

손 등을 향해 작게 입을 맞춘 그녀는 활짝 웃어 보였다.

"드디어 뵙습니다. 계승자님."

"누구지. 너는? 사자인가."

"사자와는 다릅니다."

그녀는 작게 고개를 저었다.

"저는 그분이 보낸 기사입니다."

"기사? 그분이 보낸?"

민혁의 눈이 미묘해졌다. 그분이 보냈다. 민혁이 아는 사자들은 대부분 꿈을 꾸는 이들이었다.

헌데, 앞의 여인은 꿈이 아닌, 다른 말을 하고 있었다. 그분이 직접 보낸 기사라고. 기사라는 두 글자를 속으로 곱씹어보았다.

"일단은 들어가지."

단순히 낯선 사람이라면 지나쳤을 것이다. 하지만 그녀에
게서는 분명히 익숙한 느낌이 났다. 자신을 위해 존재한다.

딱 그 느낌이었다.

그녀를 이끌고 함께 안으로 들어갔다.

두 사람이 함께 앉았다. 그녀는 다소곳하게 무릎 위에 작
게 주먹 쥔 양손을 올려놓았다.

미인이다. 미혜나, 무어와 견줄만큼 대단한 미인.

"묻고 싶은 게 많다. 그분이 보낸 기사라면 넌 알고 있겠
지. 그분은 누구이고, 나는 누구인가."

그 물음에 그녀는 작게 웃었다.

"그분은 하늘 위에 계신 분입니다."

그녀는 검지손가락으로 천장을 가리켰다.

그 정도는 예측했다.

"그분은 신이시며 계승자이신 당신은 그분의 뒤를 잇게
될 분입니다."

❖ ✢ ❖

대기실에서 나온 줄리안 무어는 터벅터벅 어딘가로 걸어
갔다. 때마침 나온 스피로스와 마주쳤다.

"무어, 오늘 밤에 나랑 둘이 술이나 한 잔 하자니까."

이 행사가 끝나면 밤에 13인의 퍼스트 클래스와 활인길드의 주요인사들이 함께 할 술자리가 이어지게 될 것이었다.

애정결핍이 있는 스피로스는 바람기도 조금 있는 편이다. 아니, 사실 그 어떤 남자라도 무어 같은 여자라면 작업을 걸고 싶은 것은 당연지사일 것이다.

허나, 그녀는 대답도 하지 않고 그를 스쳐 지나갔다.

"응?"

스피로스가 고개를 갸웃했다가 픽 웃으며 양 팔짱을 꼈다.

"하여튼."

그저 한 귀로 듣고 흘렸다고 생각한 그가 고개를 저으며 자신의 대기실로 다시 들어갔다.

그녀는 계속 걸었다. 대기실 복도를 지나 문을 열고 나서려 하자 안전요원이 의아한 표정을 짓고 있었다.

"지금 나가시면 사람들이 너무 많아요. 무대에 오를 시간에 통제를 하는 분들이 올 겁니다."

무어가 시선을 틀었다.

"괜찮아요. 전 줄리안 무어니까요."

남성은 그 말에 고개를 갸웃했다. 뭔가 그녀의 목소리가 기계적으로 딱딱했다. 만류에도 불구하고 그녀는 문을 열고 나섰다.

하지만 예상외로 그녀가 나서자 잠잠했다. 사내는 의아해하며 문을 열었다, 문을 열자 13인의 퍼스트 클래스들을 기대하고 있던 사람들이 야유를 터뜨렸다.

"에이, 이상한 아저씨네."

"13인들은 안 나와요?"

"이제 금방 나올 겁니다."

그는 어색하게 웃으며 다시 문을 닫았다.

"뭐지? 하긴 줄리안 무어니까."

갑자기 사라진 것 같았다, 그렇지만 그러려니 했다. 줄리안 무어라는 세계 최고 방출계 능력자였으니까.

줄리안 무어는 하늘 높게 떠올라 있었다. 사람들이 그녀를 비행기라고 생각할 정도로 아주 높게.

밤 하늘의 구름을 사뿐하게 밟고 선 그녀의 앞으로 흑발 머리의 여인이 바람을 타고 날아왔다.

"그들을 부르거라."

그 말과 함께 그녀는 연기처럼 사라졌다.

줄리안 무어의 입이 열리기 시작했다.

"아카나문대일우 아카나문대일우."

그녀의 입에서 세계의 어디에서도 들을 수 없는 언어가 흘러나오기 시작했다.

❖ ❖ ❖

"신? 내가 신이 된다?"

민혁의 미간이 찌푸려졌다. 그녀는 고개를 끄덕이며 부드럽게 웃었다.

"계승자. 그분의 뒤를 이어 신이 되셔야 합니다."

부드럽게 웃는 그녀는 경이롭다는 듯이 그를 바라보았다. 하지만 민혁의 얼굴은 더욱더 딱딱하게 굳어져만 가고 있었다.

"내가 왜? 내가 왜 신이 되어야만 하지? 난 인간이고 싶다."

그분에게 말하고 싶다. 이 새끼야. 왜 나한테 이런 일을 줘? 지금 강민혁으로써 하는 일들도 벅차다.

자신은 평범한 사람이고 싶다. 남들처럼 친구들끼리 여행도 가고 맛있는 것도 먹으며, 연인이 있으면 그녀와 함께 따뜻한 이불 속에서 잠이 들고, 햇살을 받으며 일어나고 싶은 사람.

그런데 자신이 신이 된다니? 대체 자신에게 어떤 막중한 일들을 떠넘기려고?

"당신은 이미 인간이 아닌걸요."

그 말에 민혁의 눈이 격하게 떨렸다.

"인간들이 고유적으로 가진 에너지는 차크라입니다. 하지만 당신의 몸에는 그 분의 힘이 있죠."

카르마를 뜻하는 것 같았다. 확실히 이 힘 자체는 인간들의 것과는 다르다. 그것도 아주 많이.

"하지만 반쪽짜리 힘이죠. 당신은 반신반인입니다."

"그럼 이대로 만족하겠어, 반신반인. 반은 신, 반은 인간."

민혁은 부정하고 싶었다. 싫다. 하고 싶지 않다. 그분을 본 적은 없지만. 평범함을 넘어서 신이 된다면 지금 가진 것마저도 버리게 되어야만 할 것 같았다.

"부정하지 마세요. 이건 운명입니다."

운명. 이 빌어먹을 운명.

"이게 운명이라서 나를 이곳에 보냈다? 그분께서?"

민혁의 한 쪽 입꼬리가 비틀려 올라갔다. 이 방대한 힘을 주고, 자신에게 너무나 많은 시련을 주고 있었다, 지금조차도 벅찬 짐을 주고 있다.

이 운명이라는 것 때문에.

"좆같은 운명이군."

민혁이 품에서 담배를 꺼냈다. 여인은 더 이상 입을 열지 않았다. TV의 스크린에서는 MC가 진행을 시작했고 하나둘 13인의 퍼스트 클래스들이 무대 위에 오르기 시작했다.

허공 위에 떠오른 헬기가 무대 주위를 꽉 메운 인파들을 촬영했다.

"후우우우."

연기를 내뱉는 민혁은 눈을 감고는 이마에 손을 짚었다.

"난 그저 평범한 인간이고 싶다."

그녀의 입이 열렸다.

"당신이 신이 되어야."

민혁의 눈이 떠졌다.

"이 세상이 온전할 수 있을 겁니다."

그 말에 민혁의 눈이 파르르 떨리기 시작했다.

어느덧 TV 안에서는 이민근 대통령이 무대에 올라 인사를 하면서 13인의 퍼스트 클래스들과 한 사람 한 사람 악수를 청하고 있었다.

"와아아아아!"

사람들의 환호 소리가 더 커지고 있었다.

이민근 대통령이 내려가고 MC의 장난끼 어린 '능력 한 번 보여주쎄여~'에 무대 위에 서 있는 줄리안 무어가 방출계 능력을 이용해 허공으로 폭죽을 쏘기 시작했기 때문이었다.

"선택은 당신의 몫일 겁니다. 하지만 당신이 신이 되지 않으면 이 세상은 흔적도 없이 사라질 겁니다."

"어째서?"

"신은 단 한 분만 있는 것이 아닙니다, 다양한 종류의 신이 있고, 가장 높은 자리에 군림했던 제가 모시는 그분의 힘은 갈수록 약해지고 있습니다. 그분은 이곳을 관장하고 지배하는 분이시며, 다른 신들은 그분을 그 자리에서 끌어내리고 이곳조차 집어삼키려 하고 있습니다. 첫 번째 주의해야 할 신이 바로 마신입니다. 마신은 지금도 이 땅에 군주들을 보낸 걸로 보입니다. 그분께서 관장하는 이곳을 집어 삼킴으로써 자신을 과시하려는 것이지요."

"군주?"

"마계를 통솔하는 군주들, 여덟의 마신의 신하. 그중 하나가 발록입니다."

"…미친."

민혁의 입에서 욕설이 툭 튀어나왔다. 그 말은 지금, 이 땅에 발록과 같은 자가 숨어 있다는 말이 된다.

"당신은 더 강해져야 합니다. 마신은 계속 그분을 쫓고 있습니다. 그를 제외하고도 많은 신들이 그를 쫓습니다."

"힘이 약해졌기에?"

"예."

"내가 신들을 힘으로 누를 수 있을만큼 강해질 수 있기라도 하다는 건가?"

"아뇨."

그녀는 고개를 저었다.

"당신은 더 강해질 겁니다. 그들 모두가 건드릴 수 없게, 그 어떤 신도 가질 수 없는 힘을 가져야 합니다. 절대신. 그것이 당신이 가져야 할 이름입니다."

필터까지 빨린 담배를 다시 한 번 빨았다. 연기를 뿜으며 재떨이에 비벼 껐다. 머리가 복잡하다.

자신이 반신이고, 절대신이 되어야 한다니, 마신과 다른 신들이 그분의 자리를 노리고 자신까지 노리고 있다.

그들에게서 그분의 자리를 지키고 올라가야 한다.

"꺄아아아악!"

"으아악!"

"저, 저게 뭐야!"

민혁의 고개가 홱 하고 틀어졌다. TV 안의 사람들이 비명을 지르고 있었다. 카메라가 급히 사람들의 시선이 향한 허공으로 돌아갔다.

민혁이 벌떡 몸을 일으켰다.

하늘에서 수백 개의 조그마한 점들이 떨어져 내리고 있었다. 갈수록 사람들과 가까워지고 있었다.

그리고 이내, 거대한 검은 불덩이 하나가 사람들을 향해 떨어져 내렸다.

콰아아앙!

"끄하악!"

"으헉!"

"끄흐흐흑!"

카메라는 검은 불덩이를 쫓지 못했다. 그렇지만 그 처절한 비명소리가 끔찍한 참상을 알렸다.

후우웅!

민혁의 몸이 바람처럼 움직였다.

❖ ❖ ❖

"전투를 준비하라!"

노장 다이스케가 외친 말이었다. 방금 전 떨어진 검은 불덩이는 사람 수십 여 명을 단숨에 흔적도 없이 재로 만들어버렸다.

그들의 반응이 늦었다, 허나 앞으로는 그것들을 모두 13
인의 퍼스트 클래스들이 쳐내야만 했다.

사람들은 서로가 도망치기 위해 파도처럼 쏠리고 있었
다. 문제는 그들을 통제해야 할 인원들도 함께 밀려 나가고
있었다.

한순간에 이 즐겁던 축제가 아비규환으로 변하고 있었
다.

스르르릉!

스르르릉!

다이스케의 검집에서 두 개의 일본도가 모습을 드러냈
다. 사무라이와 같은 자세를 취한 그는 허공을 향해 검을
휘둘렀다.

촤아아악!

두 개의 반달을 그린 차크라 힘이 X로 교차되어 허공에
서 떨어져 내리는 알 수 없는 놈들을 향해 날아갔다.

스거어엉!

"끄허억!"

"꺄하악!"

다행이도 다이스케 본인의 힘이 통했다. 분명히 자신들
이 죽일 수 있을 정도였다.

콰아아앙!

능글맞은 웃음을 항상 짓던 스피로스의 표정이 딱딱하게

굳어졌다. 그가 허공을 향해 오른 손을 좌악 펼치는 순간이었다.

번쩌억!

그의 오른 손에 둔탁한 해머가 들려있었다. 그는 뇌전해머 스피로스라는 이름도 갖추고 있었다.

13인의 퍼스트 클래스. 총 12인이 함께 원을 그리고 둥글게 섰다. 언제라도 불시의 상황에 떨어지는 검은 구를 막기 위해서 그들이 긴장하고 있었다.

스피로스가 비록 애정결핍이 있다고 해도, 다이스케가 민혁의 딱밤 한 번에 바닥을 굴렀다고 하여도. 줄리안 무어는 한 남자 앞에서는 한 없이 약한 가녀린 여자라고 해도. 최강현, 남들이 또라이 같다고 말을 하곤 하여도.

그들 모두는 세계를 이끄는 13인의 퍼스트 클래스. 한 국가의 수호신들이었다.

"개새끼들."

스피로스가 한쪽 입을 올려 조소했다.

"감히 우리가 있는데, 기습을 가해?"

줄리안 무어의 시선이 허공으로 향했다. 얼추 숫자는 300여 명으로 추정. 그들의 정체가 확인되었다.

검은 눈을 가진 그들은 마인이 분명해 보였다.

아이볼업을 한 그녀는 더 먼 곳까지 시야가 트였다. 구름 높은 곳까지 떠오른 곳에 정체를 알 수 없는 문이 있었다.

그곳에서 계속해서 마인들이 쏟아져 나오고 있었다.

"낄낄낄, 우리를 너무 가볍게 보는구만. 13인의 퍼스트 클래스 중 12인이 모여서 전투를 치르는 날이 오다니."

다이스케가 흥분된다는 듯이 웃었다. 그가 신은 구두를 부딪치자 앞부분에서 날카로운 독이 묻은 단검이 솟아났다.

"발록 잡기 전 예선 정도 되겠군요."

폭풍도 샨제이가 생긋 웃었다.

"죽이라, 한 놈도 남기지 말고. 낄낄낄!"

"다이스케 영감, 평소엔 되게 마음에 안 들었는데."

스피로스가 피식 웃었다.

"방금 그 말은 마음에 듭니다."

"낄낄낄낄!"

그 아비규환 속. 13인의 퍼스트 클래스들은 침착함을 잃지 않고 있었다. 다시 허공에서 검은 불덩이들이 사람들을 향해 솟구치기 시작했다.

가장 먼저 허공으로 떠오른 이는 바로 다이스케였다.

좌아아앗!

그가 한 발 내딛는 순간에 아주 미세하게 작은 구슬이 생겨났다. 그것을 밟으며 허공 높이 도약하고 있었다.

빙글 한 바퀴 공중제비를 돈 그의 두 개의 일본도가 촤르르륵! 검은 구를 소멸시켜버렸다.

"흐읍!"

스피로스가 하늘 높이 해머를 들어 올린 순간, 그의 몸이 허공으로 뛰어올랐다. 검은 불덩이를 향해 해머를 휘두르는 순간이었다.

번쩍!

번개가 내려치며 불덩이를 소멸시켰다.

13인의 퍼스트 클래스들이 발 빠르게 움직이기 시작했다.

헌데, 마인 한 명 한 명이 쏘아 보내는 불덩이가 너무 많았다. 이들의 숫자로는 벅찰 정도였다.

"각하! 어서 가셔야 합니다."

"이, 이런 일이. 어째서 이런 일이…."

이민근 대통령은 공황 상태에 빠져 있었다. 방금 전 수십의 국민을 잃었다. 이 축제에 온 이들을 잃었다.

그 광경을 눈앞에서 보고 말았다.

그때에 검은 불덩이 하나가 그들을 향해 솟구쳐 오기 시작했다.

13인의 퍼스트 클래스들이 차마 간파하지 못하고 놓친 힘이었다.

"허억…!"

이민근은 심장이 멎는 듯한 느낌이었다. 자신도 방금 그들처럼 흔적도 없이 사라질 것이다.

그때였다.

파앗!

누군가 그의 앞을 막아섰다. 팔을 뒤로 젖히고 뻗자 강한 힘이 솟구치며 불덩이를 단숨에 소멸시켜 버렸다.

"각하."

그는 활인의 경례를 취해 보였다.

강민혁이었다. 그의 옆에 어느덧 누군가 나타났다. 미혜였다.

"각하, 제가 모시겠습니다."

경호원이 놀란 표정으로 그녀를 돌아봤다.

"여길 어떻게 빠져 나간다는…."

"간단합니다."

그녀가 작게 웃음 짓는 순간이었다. 이민근 대통령과 그녀가 순식간에 사라졌다.

그리고 5초 사이에 다시 나타났다.

"최대한 안전한 곳에 1분대급의 공격대원들에게 호위를 맡겼습니다."

블링크. 더욱 성장한 블링크는 어느덧, 이동할 수 있는 거리도 크게 늘었고 다른 사람들과 함께 이동할 수도 있게 되었다.

사내는 벙찐 표정을 짓고 있었다.

스미스와 이현인, 오중태가 빠르게 바닥으로 떨어져 내리려는 마인들을 향해 뛰어오르는 것이 보였다.

현재 각성자들은 모두 마인들에게 공격을 취하고 있었다. 허공에서는 13인의 퍼스트 클래스들과 마인들이 격렬한 격전을 벌이고 있었다.

민혁의 눈이 가늘어졌다. 방금 전, 공간을 비틀고 나온 한 사내는 검은 색 로브를 두르고 있었다.

머리카락이 허리까지 오는 그의 손이 땅을 향해 펼쳐지는 순간이었다.

스무 개의 검은 불덩이가 순식간에 만들어지며 사람들을 향해 쏘아지기 시작했다.

13인의 퍼스트 클래스들의 눈이 경악으로 물들었다.

저건 막을 수 없다. 너무 많았다. 거기에 자신들이 쳐내는 것들까지 하면 저 중 열여섯 개 정도의 검은 구가 사람들을 덮칠 것이다.

막대한 피해가 예상된다.

그 순간이었다.

민혁이 발에 강한 힘을 주었다.

막 허공으로 날아오르려던 미혜는 순식간에 민혁이 사라져 있다는 것을 알 수 있었다.

촤아앗!

촤아앗!

촤아앗!

누군가 허공을 빛처럼 배회하고 있었다. 그는 바닥으로 떨어지는 검은 구들을 빠른 속도로 소멸시키고 있었다.

"으아아, 어, 엄마…"

한 남성이 자신에게 근접하는 검은 구를 보면서 눈을 질끔 감으며 몸을 부르르 떨었다. 그 순간 그의 머리 위로 바람이 크게 불더니, 검은 구는 형체도 없이 공기 중으로 흩어져 있었다.

"코리안 나이트다!"

"강민혁⋯!"

사람들은 그 존재가 강민혁이라는 사실을 알 수 있었다.

한 발 늦은 민혁의 등장이었지만 사색이 되어 꼼짝 없이 죽을 것이라고 생각했던 사람들의 머릿속으로 희망이라는 단어가 생겨나기 시작했다.

그는 서울에서 나타난 괴수들을 단숨에 때려잡았고, 화이트 드래곤마저도 가볍게 해체시켜 버린 사내가 아니던가.

민혁의 인피니티 건틀릿으로 차크라가 몰려들기 시작했다.

불룩

아주 작은 두 개의 구가 민혁의 발 쪽으로 이동했다. 살짝 점프한 그의 양발을 두 개의 구슬이 받쳤다. 그의 몸이 두둥실 허공으로 빠르게 날아오르기 시작했다.

"늦었소이다."

"딱밤 한 대 더 맞을 건가?"

다이스케의 날이 선 말에 민혁이 엄지와 검지를 말았다. 다이스케는 치가 떨린다는 표정으로 다시 마인 하나를 베어서 재로 만들어버렸다.

13인의 퍼스트 클래스들의 얼굴에 안도감이 맺어졌다. 강민혁이라면. 그가 있다면 시민들의 피해는 앞으로 최소화 할 수 있게 될 것이었다.

민혁의 시선이 하늘로 향했다. 그곳에 선 긴 머리카락의 남자와 눈이 마주쳤다.

"군주인가."

방금 전 회색빛의 머리칼을 가졌던 그녀가 말한 군주 중 하나일 지도 모른다. 그는 미간을 찌푸렸다.

"씨발, 마신 새끼들 부하들은 존나 쎄구만."

그런데 왜 자신을 찾아온 여인은 아무런 능력도 발휘하지 않는 것인가 싶기도 하다. 허나, 곧 그의 입술이 비틀렸다.

저놈을 죽여서 흡수하면 아주 만족할 수 있을 것 같았다.

붉은색으로 떠오른 구들이 빠르게 단도의 형태로 변화하기 시작했다. 그 숫자는 어림잡아 오십 여개 정도 되어 보였다.

현재 13인의 퍼스트 클래스들이 균형을 잡기 시작했다. 마인들을 쉴 새 없이 몰아붙이기 시작하고 있는 것이다.

공격을 집중한다.

파아아앗!

그가 허공으로 팔을 높이 들어 올리는 순간이었다. 붉은색 단도들이 검은 로브를 두른 사내를 향해서 빠르게 날아갔다.

사내의 앞으로 투명한 검은 막이 생겨나는 것이 눈에 들어왔다. 그 검은 막과 붉은 색 단도들이 부딪치기 시작했다.

콰아아앙!

콰아아아앙!

작은 단도 하나가 빌딩 하나도 날려버릴 수 있을만큼 강한 힘이 압축되어 있었다. 그렇지만 곧 민혁의 눈이 가늘어졌다.

"씨발."

검은 색 막은 작은 균열만 있을 뿐. 견고한 모습이었다. 수십 여 개의 붉은 단도가 놈의 방어막을 뚫지 못한 것이다.

사내의 한쪽 입이 비틀려 올라가는 것이 보였다.

그가 허공을 향해 손을 젓는 순간이었다. 검은 문에서 공간을 비집고 거대한 검은 머리를 가진 용 한 마리가 모습을 드러냈다.

[키에에에에엑!]

모습을 드러낸 용이 포효를 시작했다. 그 순간, 시민들이 겁에 질리며 실신하거나 바닥에 주저앉기 시작했다.

13인의 퍼스트 클래스들도 직감했다. 저 용은 자신들이 감당할 수준이 아니라는 것을. 처음 보는 검은 용이었다. 민혁이 과거 사냥했던 적이 있는 흑룡왕과는 분명히 다른 놈이었다.

'마계의 마물인가.'

그가 미간을 찌푸렸다.

거기에 끝이 아니었다. 놈이 공간을 비집고 나올수록 사람들의 얼굴은 일그러지기 시작했다. 마족 셋이 놈의 등 뒤에 타고 있었다.

용은 13m는 될 정도로 기다랬고 우리나라의 전설에서 내려오는 용의 인상보다도 훨씬 흉측했다.

입이 다물어지지 않아 사람 하나만큼은 되는 듯한 치아가 고스란히 드러나 있었고, 발 끝 마다 날카로운 손톱은 칼처럼 곤두서 있었으며, 지느러미라고 생각했던 것은 독을 뿌리는 독사들이었다.

"존나 많이 나오네."

끝이 아니었다. 처음 보는 생소한 괴수들이 하나둘 나타나기 시작하고 있었다. 민혁이 크게 위압감을 느낄 정도는 아니었다.

허나, 급으로 보면 SS급 정도로 보이는 괴수들이 모습을 드러내고 있었다.

정체를 알 수 없는 흑용 한 마리, 마족 셋, 괴수 여섯. 계속해서 공간을 비집고 나오는 마인들과 군주로 보이는 긴 머리의 사내.

민혁의 치아가 굳게 물렸다. 다른 놈들은 혼자서 죽일 수 있을 것이라고 판단된다. 그렇지만 문제는 군주였다.

저 군주는 방금 전 자신이 쏘아 보냈던 단도들을 막아낸 존재다. 그 급을 추정할 수 없었다.

그리고 어쩌면, 자신이 염인빈일 때 사냥했던 발록보다 강할 지도 몰랐다. 그가 마른침을 꿀꺽 삼키며 시선을 밑으로 틀었다.

더 큰 문제는 수십만 명의 사람들이었다.

자칫, 자신들의 싸움의 여파로 그들이 큰 피해를 입을 수 있었다.

위에서 싸우는 마인들은 잃을 게 없다. 반대로 밑쪽에 수많은 시민들을 둔 자신들은 한 번만 삐끗해도, 수십, 수백 이상의 사람들을 잃는다.

13인의 퍼스트 클래스들로는 역부족이었다. 분명하게. 자신의 움직임이 빠르다고는 해도 분명한 무리다.

"좆같다."

그렇게 욕을 지껄인 순간이었다. 무대 위로 한 사내가 나타났다. 사내는 입에 문 담배를 깊게 빨고는 허공에 퉁겼다.

"여어어!"

그는 민혁을 향해 크게 팔을 휘두르고 있었다. 그의 시선이 돌아갔다. 미간이 절로 찌푸려졌다.

지금 민혁에게 손을 흔드는 갈색 머리카락을 가진 남성. 장난기 가득한 얼굴을 한 그는 조금은 마른 체형을 가지고 있었다.

30대 중반의 사내는 잘 차려입은 백색의 슈트가 무척이나 잘 어울렸고 포마드로 넘긴 머리카락과 부드러운 턱선과 잘생긴 얼굴이 조화를 이루고 있었다.

민혁의 찌푸려졌던 미간이 펴지면서 그가 픽 웃어 보였다.

"개똥도 필요할 땐 없는데, 개똥이 왔네."

"뻑킹 코리아! 뻑킹 코리안 나이트 강민혁!"

그는 그렇게 외치면서 두 손의 가운데 손가락을 들어 올려 보였다.

"알렉산드르. 네가 이렇게 반갑긴 처음이군."

그의 이름은 알렉산드르. 러시아인이자 비밀리에 감춰진 존재. 각 개인이 13인의 퍼스트 클래스 인원 모두와 견줄지도 모른다.

시크릿 에이전트의 지원계 각성자. 또 다른 이름 용군주.

"내가 왔다! 코리아아!"

그는 미친 사람처럼 힘껏 소리쳤다. 민혁도 그를 향해 중지 손가락을 치켜 올려 보였다.

"도와줄까? 내 양 가랑이 사이에 기어 들어오면 생각 좀 해보지."

"지금 기분 안 좋아, 시크릿 에이전트고 뭐고 다 뒤집어 버리는 수가 있어."

장난칠 기분은 아니었기에 다시 민혁의 표정이 서늘해졌다.

뚜벅뚜벅!

무대 위로 또 다른 사내 하나가 걸어 나왔다. 그는 방금 전 민혁이 뱉은 말이 상당히 거슬린다는 표정이었다.

중절모에 검은색 슈트를 입은 그는 민혁만큼이나 키가 훤칠하게 컸고 다부진 체격이 보였다.

그의 왼손에는 비둘기 문양이 문신으로 새겨져 있었다.

"시크릿 에이전트는 그리 가벼운 이름이 아닙니다."

그는 신사적인 목소리로 민혁을 올려다보면서 으르렁거렸다.

민혁은 시크릿 에이전트 중 실제로 알렉산드르만 알고 있었다. 그렇지만 들은 이름은 있었다.

방금 모습을 드러낸 신사적인 사내는 일반 검보다 가느다란 검을 허리춤에 차고 있었다. 1kg이 안 될 것 같은 무게, 척 보기에도 빠르게 휘두를 수 있을 것처럼 생긴 그 검은 레이피어였다.

중절모를 벗고 가볍게 목례를 취한 후 다시 중절모를 쓴 사내는 독일 룩셈부르크 가문의 사람 중 한 사람이었지만, 각성자가 된 후 가문을 버리고 홀연 듯 자취를 감추고 활동해 왔다.

그의 이름은 마하엘.

그를 아는 자들은 그를 '노블레스 마하엘'이라고 부른다.

민혁의 양 쪽 입꼬리가 올라갔다.

또 다른 두 남녀가 무대로 걸어오고 있었기 때문이다.

한 사람은 쉰 중반은 될 정도로 나이가 있는 사내였다. 그는 명장 구태환을 연상시킬만큼 그와 흡사하게 생겼다. 시원하게 민 머리카락에 날카로운 눈매, 떡 벌어진 어깨와 두꺼운 허벅지.

그는 시가를 입에 물고 있었고, 왼 손에는 손을 대신하는 갈고리가 달려 있었다.

"안 좋군, 매우 안 좋아."

딱딱한 얼굴로 고개를 젓는 그는 조금은 과묵한 성격이었지만 화가 나면 불도저처럼 움직인다는 말도 있었다.

그 역시 시크릿 에이전트 중 한 사람.

공격계 각성자이자 육체 위주를 사용하는 사내. 사람들은 그를 검은 별 존 워커라고 부르고는 했다.

"그 딱딱한 말투 좀 고치라니깐."

붉은색 머리카락에 덧니 하나가 귀엽게 솟은 여인이 있었다. 얼굴은 예쁘기보다는 귀여운 외모였는데, 나이는 스물 후반 정도였다.

그녀 역시 공격계 각성자라는 것을 보여주듯, 유독 다른 일본도보다 조금 기다란 일본도를 등에 차고 있었다.

마치 일본의 교복 비슷한 복장을 한 그녀는 주위를 둘러봤다.

"한국에는 잘 생긴 남자들이 많다니까?"

"원숭이들보다야 한국이 낫긴 하지."

"그거 농담이에요? 오늘 죽어볼래요, 존?"

존의 말에 그녀가 일본도를 뽑을 듯한 제스처를 취했다.

그녀는 일본인이었다. 다이스케와는 사이가 매우 안 좋다고 알려져 있다. 허나, 사이가 안 좋다고 생각하는 건 다이스케 뿐이었고 그녀는 그를 안중에도 두지 않고 있었다.

다이스케와 그녀의 가문은 서로 앙숙 가문이었는데, 지금 서로의 무위를 보자면 그녀가 몇 수는 더 다이스케를 앞지른 상황. 거기에 훨씬 젊지 않던가.

그녀의 일본도가 스르릉 뽑혔다. 붉은 검이 무척이나 인상적이었다.

귀여운 일본 아이돌 같은 외모와는 다른 살벌한 말이 그녀의 입에서 흘러나왔다.

"히야. 오늘도 피바람이 불겠어요. 아주 좋아요. 이런 상황 무척 좋아한다고요."

그녀의 붉은 일본도에서 강한 힘이 넘실넘실 흘러나오며 아우라처럼 퍼졌다.

그녀의 이름 우메후네 아리에이. 버서커 아리에이라는 이름으로도 불리고는 했다.

"와, 강민혁 오빠. 실제로 보니까. 핵존잘."

"나 그렇게 좆같이 안 생겼는데."

민혁의 양 입꼬리가 완전히 찢어졌다. 아리에이는 '칭찬인데, 왜 저러지?' 하는 표정으로 존 워커를 돌아보고 있었다.

민혁의 시선이 다시금 군주를 향해 돌아갔다. 어느덧 검은 용이 밑으로 내려오기 시작하고 있었다.

"저건 또 뭐야? 애완괴수 고르는 취미가 참 요상하구만."

알렉산드르가 검은 용과 모습을 드러낸 괴수들을 보면서 혀를 끌끌 찼다.

"귀여운 우리 애기들 좀 보여줘야겠어."

그가 씨익 웃는 순간이었다. 아공간이 열리면서 그곳에서 검은 익룡 한 마리가 모습을 드러냈다.

그 크기는 매우 작았지만 놈은 아주 무시무시한 놈이었다. SS+급의 괴수 아드카드라. 입에서 거대한 브레스를 뿜어내는 놈은 아주 작은 크기의 드래곤이라고 생각해도 될 정도로 강했으며, 빠른 비행 속도는 어지간한 13인의 퍼스트 클래스도 쫓지 못할 정도라고 알려져 있다.

그 뒤로 모습을 드러낸 또 다른 놈은 하얀 빛 털을 가진 호랑이었다. 놈은 쉬운 이름으로 백호다.

우리나라에서 테이밍 했다고 알려지는데, 백호는 높은 점프력을 가졌고 움직일 때마다 모든 것을 얼려버릴 듯 냉 속성 능력을 풀풀 풍겨댄다.

또한 놈의 앞발은 철근도 단숨에 찌그러뜨릴 정도라는 이야기가 있으며 갑각도 무척 단단해 어지간해서 뚫지 못한다고 한다. 놈도 SS급의 네임드 괴수.

그리고 속속들이 모습을 드러내는 괴수들은 하나같이 입이 떡 벌어진다. 마지막으로 모습을 드러낸 괴수.

인간으로 폴리모프한 상태의 블루 드래곤이었다.

[왜 불렀어.]

"저기 좆같은 용대가리 새끼가 깝치길래."

주인을 닮은 건지 푸른 머리카락을 가진 창백한 피부의 사내가 하품을 하면서 양 팔짱을 끼며 말하자 알렉산드르가 허공을 가리켰다.

[더럽게 못 생겼네, 근데 강해. 나 안 해.]

알렉산드르의 표정이 굳어졌다. 다른 시크릿 에이전트들이 웃어대었다.

"저 용대가리는 저 사람이 잡을 테니까, 주위 잡몹이나 잡아."

알렉산드르가 민혁을 턱짓했다.

[흐음, 다음 간식은 킹카오로.]

킹카오는 S-급이라 알려진 소의 형상을 한 괴수다.

"하여튼, 입맛은 까다로워서. 알았어."

그 말에 블루 드래곤이 고개를 끄덕이며 양 팔짱을 풀었다.

마하엘이 슬쩍 자신의 허리춤으로 손을 가져가면서 고개를 저었다.

"신사적이지 않아. 사람들이 두려워하고 있잖아. 저 마인들, 무척 품위 없게 생겼어."

존 워커는 입안의 시가 연기를 허공에 후우우 뿜으면서 걸치고 있던 자켓을 벌어 무대로 던져버렸다.

"한국. 마음에 드는 나라는 아니지만 도와야겠지."

"내 아름다운 무위를 보고 내게 반할 남자가 있을 까나? 오늘 밤은 좀 뜨겁게 보내고 싶다구우."

아리에이의 말에 시크릿 에이전트 세 사람이 동시에 그녀를 돌아보며 중얼거렸다.

"음탕한 년."

그 말과 함께 그들이 민혁을 일제히 바라봤다. 민혁이 픽 웃었다.

다시 그의 시선이 군주를 향해 올라갔다.

"2라운드 시작이다."

❖ ❖ ❖

"끄흐윽…."

"으으으…."

두 남녀가 신음을 흘리고 있었다. 사내가 힘껏 토악질을 해대었다. 저녁으로 먹었던 김치찌개가 한껏 쏟아지고 있었다.

주위를 둘러보면 다른 이들도 다를 바는 없었다. 두 남녀는 다름 아닌 리포터 최혜진과 카메라맨 사내였다.

그녀의 시선이 무대 위에 선 네 사람을 보고는 휘둥그레커졌다. 어느덧 허공에는 무수히 많은 괴수들이 모습을 드러내고 있었고, 마인들의 숫자는 계속해서 많아지는 것만 같았다.

헌데, 갑자기 갈색 머리칼을 포마드로 넘긴 사내가 손을 휘젓자 괴수들이 모습을 드러내기 시작했다.

아드카드라. 워낙 유명한 괴수였기에 사내가 먼저 알아봤다.

"아, 아드카드라… 아드카드라를 테이밍했다고…? 내가 알기로 그럴 수 있는 사람은 세계에 딱 한 명 뿐인데…."

"누구?"

최혜진은 울렁거리는 속을 잠재우고 물었다.

"시크릿 에이전트. 용군주 알렉산드르…."

최혜진의 눈이 휘둥그레 커졌다. 갑자기 울렁거림이 진정되었다. 사내는 당장 죽을 것 같은 표정이었지만 그녀가 그의 뒷목을 잡고 억지로 끌어올리려고 했다.

"너하고 나하고 뭔가 있나 봐."

"끄으윽… 저 뒈질 것 같아요. 선배."

"닥치고 빨리 카메라 돌려 새끼야! 모르겠어? 저 사람들. 시크릿 에이전트잖아!"

"…헉!"

사내의 눈이 휘둥그레 떠졌다. 용군주 알렉산드르에 이어서 검은 색의 레이피어를 허리춤에서 뽑아낸 노블레스 마하엘, 거기에 붉은빛 일본도를 목 뒤에 가져가 여유롭게 마인들을 올려다보는 귀여운 소녀, 버서커 아리에이. 항상 시가를 입에 물고 있다고 알려진 폐암은 안 걸렸나 싶은 자켓을 벗어던지고 단단한 근육을 드러낸 건장한 사내. 검은 별 존 워커까지.

사내도 방금까지 속을 뒤집어놓던 것이 싹 달아나는 기분이었다.

"으랴아아아아!"

그는 마치 전쟁터에서 적을 향해 포를 들어올리는 것처럼 힘겹게 어깨에 카메라를 들쳐 메고는 시크릿 에이전트를 향해 카메라를 틀었다.

두 사람은 뼛속까지 방송국 사람이었다. 아니, 정확하게 말하면 두 사람은 그때 당시 강민혁의 등장을 촬영함으로써 어마어마한 보너스와 특진을 행해냈고, 괴수 전문 리포터 및 카메라맨이라는 수식어를 부여받았다.

오늘은 괴수 사냥의 최고라 불리는 13인의 퍼스트 클래스들을 촬영하러 왔다가 시크릿 에이전트를 처음으로 카메라에 담게 되었다.

시크릿 에이전트는 모습만 알려졌을 뿐. 실제로 방송을 탄 적이 없었다.

거기에 지금 어떤 상황이던가.

13인의 퍼스트 클래스와 시크릿 에이전트, 강민혁의 조합이 있었고, 위쪽에서는 어마어마한 숫자의 마인들과 검은 용 한 마리, 마족 셋, 거기에 수백 명의 마인들이 있었다.

그들이 대치하고 있었다.

이건 실제보다 더 리얼리티한 한 편의 영화가 될 것이다.

"우리 대박이다."

"살아서 나가면 저랑 한 번 자요."

사내는 저번의 일이 아쉬웠던지 작게 웃으며 농담식으로 던졌다.

"그, 그래. 살아서 이 테이프 방송국에 넘기면. 그리고 그것 뿐만이 아니야."

최혜진의 목소리가 부르르 떨렸다.

만약 강민혁 쪽이 승리하고, 이 영상이 세계로 전파 된다면 어떻게 될까.

지금 불신을 하는 사람들이 무척 많았다. 당장 대한민국에 13인의 퍼스트 클래스들이 모인 것만 해도, 반대하는 시위를 벌이는 이들이 세계 곳곳에 있었다.

왜 코딱지만한 대한민국 따위가 우두머리 행세를 하냐는 것이다.

허나, 이 영상이 나가는 순간.

세계는 대한민국 앞에 무릎 꿇을 것이다.

거기에 시크릿 에이전트와 강민혁이 지금 움직일 준비를 하고 있었다.

"우리나라가 어떤 나라인지 보여줄 수 있다고. 시크릿 에이전트를 뛰어넘는 강민혁의 움직임. 그것을 촬영하는 순간. 우리는 세계의 정상에 선다."

사내의 몸에 전율이 일었다.

어깨에 짊어진 카메라가 가볍게까지 느껴질 정도였다.

때마침, 시크릿 에이전트 중 가장 먼저 용군주 알렉산드르가 아드카드라의 등 뒤에 올라타며 허공으로 날아오르기 시작했다.

◈ ✤ ◈

"뻑킹! 마계 괴수들 잡으러 가자!"

그가 허공으로 높이 날아오르자 그 뒤를 백호와 블루 드래곤, 다른 괴수들이 쫓았다.

그와 함께 허공 위의 검은 용의 등에 올라타있던 마족들이 놈의 몸에서 뛰어내리며 하강하기 시작했다.

"마족, 한 마리씩."

시크릿 에이전트의 암묵적인 지휘자는 바로 노블레스 마하엘이었다. 그의 지시에 따라서 존 워커와 아리에이가 고개를 끄덕였다.

노블레스 마하엘이 바람처럼 사라졌다. 그 뒤를 따라서 버서커 아리에이가 무릎을 굽히더니 번쩍 허공으로 뛰어올랐다.

검은 별 존 워커가 시가 연기를 뿜으면서 갈고리를 손으로 쓰윽쓰윽 만지더니, 잘 고정되어 있자 만족한 듯 고개를 끄덕였다.

그리곤 번쩍 뛰어올랐다.

"인간이 어떤 존재인지 보여줘 보자고."

그 중심. 강민혁의 입이 비틀려 올라갔다.

[키에에에엑!]

콰아아아앙!

알렉산드르가 탄 아드카드라가 입을 크게 벌리면서 거대

한 브레스를 자신과 흡사한 익룡의 형태의 마물을 향해서 힘껏 뿜어냈다.

[쿠랴아아악!]

검은 뿔이 솟은 뼈 밖에 없는 마물도 입에서 검은 브레스를 힘껏 뿜어내었다.

그것이 시작을 알리듯 했다.

파아앗!

마족의 옆구리를 파아앗 스치고 지나가는 무언가가 있었다. 그것은 무척 날카롭게 베고 지나갔다.

놀란 마족이 옆구리를 부여잡았다.

[감히 인간 따위가.]

"거슬리는군. 감히 인간 따위라니."

허공에 떠오른 마하엘이 쓰고 있던 중절모를 벗어 바닥에 던졌다. 그가 질끈 묶여 있는 머리카락의 고무줄을 당겼다.

그러자 어깨까지 내려오는 단발의 머리카락이 모습을 드러냈다.

후우웅!

바람이 불어오자 노블레스 마하엘의 머리카락이 살랑거렸다. 머리카락 안에 숨어있는 그 강인한 눈동자.

푸드드득!

푸드드드득!

푸드드득!

마하엘의 검에서 검은 비둘기 수십 여 마리가 튀어나오기 시작했다.

마족의 손이 앞으로 뻗어지면서 마기가 그를 향해 쏘아졌다.

푸드드득!

비둘기들이 바람처럼 움직이며 그 앞을 막아섰다. 마하엘은 미동도 없이 가만히 그 모습을 허공에 서서 바라보았다.

비둘기들이 형체도 없이 사라지고 있었다.

'강하군. 알란이나 헨더라는 마족 정도인가? 아니 그보다 밑?'

강하긴 해도. 그뿐이었다. 그렇게 위험할 정도는 아니라고 판단되었다.

마족이 쏘아낸 마기가 어느덧 마하엘의 바로 코앞까지 다가왔다.

그의 검은 레이피어를 쥔 팔이 앞으로 뻗어졌다. 그저 레이피어만 뻗었을 뿐이다.

검 끝에서 강한 힘이 빛처럼 뻗어 나갔다.

파아아앗!

그 힘은 마기와 충돌하는 순간, 마기를 가볍게 소멸시켜 버렸다.

파아앗!

"천하게 생겼구나."

순식간에 마하엘은 마족의 뒤로 이동해 있었다. 마족이 깜짝 놀라는 순간이었다.

단 몇 초의 찰나. 레이피어는 그의 몸을 수백 번 베고 지나갔다.

촤르르르륵!

촤르르르르르르륵!

촤르르르르르르르륵!

그 옆을 스치고 지나간 마하엘이 뒤를 돌아보았다.

그 순간.

파아아아악!

마족의 몸이 폭발했다. 그는 자신의 레이피어에 묻은 검은 피를 허공에 털어내었다가 흠칫 놀랐다.

마족이 죽지 않았다. 무시할 수 없는 속도로 재생하고 있었다. 그의 시선이 허공으로 올라갔다.

긴 머리카락을 가진 사내의 손이 마족에게 뻗어있었다.

"저 자가 한 행동인가."

그의 미간이 꿈틀거렸다. 하지만 선뜻 사내에게 다가설 엄두를 내지 못했다. 그는 강했다. 자신이 그를 감히 측정할 수 없을 정도로.

마족의 눈이 붉게 물들기 시작했다.

[인간….]

"눈이 아름답군, 뽑아서 집에 있는 크리스탈 물병에 담아서 보관해야겠어."

그는 진지한 어조로 그 소름끼치는 말을 가볍게 뱉어났다.

푸드드드득!

수백여 마리의 비둘기가 허공에 날아오르기 시작했다.

"헤헤헤헤헷!"

콰아아앙!

허공에서 미친 듯한 여인의 웃음소리가 퍼지고 있었다. 그녀는 강한 존재를 만나니 무척이나 피가 끓어 오른다는 표정이었다.

버서커 아리에이. 그녀는 피를 좋아하고, 전투를 즐긴다. 마치 마족 같이.

[재밌구나!]

여인의 모습의 마족도 그녀와 같은 느낌을 받고 있었다. 두 여인 모두 전투라면 환장을 한다.

파아아앙!

그녀의 손이 뻗어진 순간이었다. 죽은 마인의 피가 그녀의 손바닥으로 몰려들더니, 피가 폭발하면서 마족을 가격했다.

뒤로 퉁겨났던 마족이 그녀를 향해서 날카로운 손을 뻗어 들어왔다.

"정말 재밌어! 정말, 당신 너무 강해에! 아잉!"

[나도 좋구나, 너 같은 강한 인간 아이가 있을 줄이야!]

두 여인의 입가에는 작은 웃음이 맺어져 있었다. 허나,

곧 버서커 아리에이의 눈이 차갑게 가라앉았다.

"그런데 있잖아? 계속 그렇게 버티면 내가 재미가 없지. 이제 그만 죽어줘. 못 생긴 언니."

소름끼치는 목소리가 퍼져나왔다.

"후우우우."

허공에 떠오른 검은 별 존 워커는 자신을 향해 쏘아져 들어오는 마족의 손을 보면서도 담배 연기를 뿜어대었다.

후우웅!

마족의 손이 허공을 스쳤다. 존 워커는 마족의 등 뒤에서 시가 연기를 뿜고 있었다.

[감히 나를 능멸해!?]

"흥분하지 마. 시가 한 모금 정도는 괜찮잖아."

존 워커는 여전히 여유로웠다. 마족은 눈치채지 못했지만, 존 워커가 움직일 때마다 작게 반짝이는 것들이 있었다.

그것들은 서서히 경계를 만들어가고 있었다.

그리고 이내, 오각형의 형태가 되었다.

"그리고 난 여유롭지 않았어. 자네가 내 모습에 무시한다고 생각하고 흥분했기 때문에 내가 놓은 덫을 발견하지 못했을 뿐이지."

그리 말하며 그는 허공에 다시 시가 연기를 뿜었다.

[뭣?]

마족이 의아한 표정을 짓는 순간이었다.

다섯 개의 별에서 뿜어진 강렬한 빛이 마족을 관통했다.

푹 푹푹푹푹!

"후우우우. 한 번 보지. 이걸 부술 수 있을지."

마족의 몸이 속박되자 존 워커는 고개를 끄덕거리면서 지켜봤다. 마족이 자신을 누르듯한 강한 힘에, 힘을 주면서 풀기 위해 안간힘을 썼다.

파아아앙!

"그 정도. 그 정도이군. 15초 걸렸어. 계산은 끝났다네."

마족을 관통한 힘이 사라지는 순간이었다. 그는 자신의 날카로운 왼손의 갈고리를 눈으로 흘어보았다.

"진짜, 한 번 시작해보지."

파아아앗!

검은 별 존 워커가 움직이는 순간, 검은 하늘에 별이 움직이는 듯한 착각이 일 정도였다.

13인의 퍼스트 클래스들은 발 빠르게 마인들의 수를 줄이고 있었고, 용군주 알렉산드르는 블루 드래곤과 괴수들을 이끌고 허공에서 마물들과 격전을 벌이고 있었다.

다른 세 명의 시크릿 에이전트의 인원들은 민혁의 예상을 넘는 강함을 보이고 있었다.

저 정도라면 천이나 한이와 견줄 정도다. 그들도 그 사이 성장했다는 것이 된다.

민혁이 발을 받친 구슬을 힘껏 밟았다.

"난 저 용대가리를 잡아야겠군."

이젠 자신이 움직일 때였다. 용대가리를 잡은 후, 곧 바로 군주를 칠 것이다. 그를 잡고 말할 것이다.

어딜 감히 여기서 깝치냐고.

파아아앗!

민혁이 힘껏 도약해 올랐다. 때마침 검은 용은 빠른 속도로 다이스케에게 접근하고 있었다. 정말이지 그 거대한 몸과 길이를 생각하면 말 도 안 되는 속도다.

다이스케는 마인 하나를 베어 넘겼다가 등 뒤에서 자신의 몸만한 입을 벌린 놈을 보고는 크게 놀랐다.

꽈아아악!

입이 막 다물어지려는 순간이었다. 민혁이 그의 거대한 이빨을 잡아챘다.

"네 상대는 나다."

그렇게 말하면서 용과 눈을 마주친 후, 군주를 바라봤다. 군주는 무표정하게 민혁을 바라보고 있었다.

허나, 그러면서도 마족들을 컨트롤하고 있었다. 이 용을 잡고 서둘러 저놈을 쳐야 했다. 그렇지 않으면 결국 밀리는 것은 시크릿 에이전트가 될 것이다.

꽈아아악!

"흐으읍!"

민혁이 힘으로 놈을 쎄게 밀었다, 허나 놈도 힘 하나는 장사인 것인지 뒤로 밀려나지 않았다.

힘껏 놈을 향해서 손날로 코 부분을 가격했다. 콰아악! 거리는 소리가 나며 놈이 움찔했다. 단 그 정도였다.

놈이 움찔할 정도. 강민혁의 괴력에 놈은 움찔하는 것 밖에 안 되었다. 다른 존재였다면 이미 얼굴 뼈가 산산조각이 나서 형체도 알아볼 수 없었을 것이다.

[취에에엑!]

[께에엑!]

놈의 지느러미가 움직였다. 놈들은 독이 묻은 입을 벌리면서 민혁을 향해 접근했다. 독뱀의 숫자는 천 마리는 족히 되어 보였으며, 몸이 5m까지 길어졌다 줄어들었다 반복하고 있었다.

접근하는 뱀들을 쳐내면서 민혁이 몇 걸음 뒤로 물러섰다. 머리는 빠르게 계산을 행하고 있었다.

단 몇 수도 안 될 만큼 부딪쳐봤을 뿐이지만 확인한 것은 접근이 쉽지 않다는 것과 감각이 자신도 뚫기 힘들 정도라는 사실이었다.

그리고 곧, 놈은 또 다른 능력을 선보였다.

우우우우우우!

놈의 몸 위로 검은 먹구름이 생겨나기 시작했다. 불길한 느낌이 스쳐 재빠르게 녀석에게 달려 들었다.

그의 주먹을 몸으로 전부 받아낸 놈은 끄덕 없었고, 몸을 크게 휘둘러 민혁을 꼬리로 쳐냈다.

꼬리에 밀려 나가는 민혁이 이를 악물었다. 먼 곳에서 조소하는 군주와 눈이 마주쳤다. 그는 자신을 비웃고 있었다.
마치.

'기대 이하군.'

그 표정이었다.

"이 새끼가…!"

그의 얼굴이 와락 일그러진 순간이었다. 검은 먹구름에
서 스파크가 튀기 시작했다. 검은 먹구름의 조준점은 강민
혁이 아니었다.

용의 입꼬리가 슬쩍 올라가는 것이 보였다.

놈은 지능이 있었다. 그것도 인간만큼 아주 똑똑한 지능
이.

콰아아앙!

스파크가 튀기던 검은 구름에서 벼락이 내리쳐졌다. 바
닥에 있는 사람들을 향해서.

민혁이 바람처럼 움직였다.

"으으…!"

자신들을 향해 빛처럼 번쩍이는 무언가가 다가오는 것을
느낀 이들은 얕은 신음을 흘렸다.

그들의 머리 위에서 한 사내가 그 벼락을 온 몸으로 받아
냈다.

콰아아앙!

"크으윽!"

벼락을 온몸으로 받아내자 아무리 그라고 할지라도 쉬이

넘길 수 없었다. 또 다시 다른 먹구름이 번쩍였다.

후우웅!

그때마다 민혁은 스스로의 몸으로 막아내야만 했다. 벅차다. 이래서는 계속 밀리는 것은 자신이 된다.

마치 인질을 잡고 있는 자와 경찰 한 명이 대치하고 있는 기분이었다. 무엇을 하든 손해를 보는 것은 경찰이 될 것이었다.

'군주한테 쓰려고 했더니.'

민혁이 입술을 질근질근 씹었다. 군주라고 해도 모를 것이다. 자신이 가진 무형검의 정체를. 분명 놈은 검은 막으로 자신의 붉은 단도들을 막았었다.

허나, 무형검은 막지 못할 것이다. 불시에 그것을 노리려 했다. 하지만 지금 상황은 저 검은 용부터 어찌해야 할 것 같았다.

파아아악!

민혁이 하늘 위의 먹구름을 향해서 단도들을 날렸다. 그와 함께 그도 허공으로 튀어 올랐다.

검은 용의 앞에 선 순간 먹구름들이 일제히 터져나갔다.

그는 마음을 차분하게 가라앉혔다.

그의 손을 타고서 하나의 무형검이 검은 용을 향해 소리 없이 스쳐 지나갔다.

푸쉬이이이익!

무형검과 닿는 순간 검은 용의 지느러미의 뱀들이 양단

되며 더 나아가 살을 깊게 베고 지나갔다.

놈의 몸에서 검은 피가 솟구쳐 올랐다.

푸슈유유육!

[키에에에에엑!]

검은 용이 비명을 지르면서 몸을 비틀어대기 시작했다, 놈의 주위에서 먹구름 수 십 여개가 생겨나기 시작했다.

민혁의 미간이 찌푸려졌다. 서둘러야 했다.

수우우우웅!

수우우우우웅!

무형검이 구현될 때마다 놈의 몸 곳곳이 베여나가고 있었다. 그 강한 힘으로도 어찌하지 못했던 갑각이 베인다는 것은, 무형검의 위대한 힘을 증명하는 것과 같았다.

군주, 정확하게는 왕위에게 강림한 사내의 얼굴이 딱딱하게 굳어졌다.

사내의 팔이 꼭두각시를 조종하듯 움직였다.

"흐으읍!"

다시 무형검이 구현되며 놈을 베고 지나갔다. 그 순간, 놈이 그 거대한 입을 벌리면서 민혁을 향해 접근하고 있었다.

푸와아앗!

뻗어 나간 무형검이 놈의 안면을 처참히 갈라놓았다. 놈이 고통에 비명을 지를 것이라고 생각했다, 하지만 놈은 멈추지 않고 자신을 향해 그 거대한 입을 벌리고 있었다.

콰아아악!

그 입이 민혁을 덥석 물었다. 아무리 주먹으로 가격하고, 무형검을 휘둘러도 놈이 놓지 않고 있었다.

놈은 고통을 못 느낀다. 다르게는 조종 당하고 있었다. 군주에게.

입에 물린 상태에서 민혁은 목을 씹으려는 것을 손으로 겨우 밀어내고 있었다. 그의 시선이 군주에게 향했다.

역시나 지켜보고 있던 놈의 팔이 움직이고 있었다. 그리고 이내, 검은 용이 하늘 높이 도약하기 시작했다.

꾸물꾸물, 허공을 헤엄치듯 빠르게 허공으로 치솟아 오르는 검은 용과 벗어나기 위해 애쓰는 민혁, 그의 팔에서 구현된 무형검이 결국 놈의 턱을 완전히 갈라놓았다.

그의 몸이 풀려났다. 놈의 아가리를 다시 힘껏 후려쳤다.

힘을 잃기 시작해서인지 놈의 고개가 수월하게 파악 젖혀지며 검은 피를 허공으로 흩뿌려대었다.

민혁의 눈이 찌푸려졌다.

뭔가 이상했다.

그의 시선이 홱 군주에게 틀어졌다. 그는 작은 조소를 흘리고 있었다.

"젠장!"

검은 용의 몸이 불룩거리기 시작했다. 당장이라도 폭발할 것처럼.

민혁이 놈의 날카로운 발을 잡아챘다. 그는 자신의 발을 받치고 있는 구슬을 힘껏 밟고는 하늘 높이 도약하기 시작했다.

놈이 지금 이곳에서 폭발하는 순간, 얼마나 많은 사람들이 죽을지 예상할 수 없었다.

어쩌면 시크릿 에이전트와 13인의 퍼스트 클래스들마저도 휩싸일지도 몰랐다. 최대한 멀리 놈을 끌어내야 했다.

후우웅!

파아아앙!

구슬을 밟을 때마다 그는 힘껏 하늘을 찢으며 올라서고 있었다. 어느덧, 구름 위를 넘어선 민혁이었다. 그는 용을 하늘 높이 던져버렸다.

터지기 일보 직전이었다. 놈의 눈알이 곧 터질 것처럼 팽창하는 것이 눈에 들어왔다.

민혁이 흡수한 모든 차크라 지수를 끌어올리기 시작했다.

저걸 못 막으면 자신도 위험해질 것이었다.

마인들이 계속해서 죽으면서 생겨난 마기는 생각보다 많았다.

그는 이 거대한 하늘이라도 가리려는 것처럼 붉은 구들을 붉은 막의 형태로 최대한 크게 펼치기 시작했다.

그 넓이가 40m를 넘어서기 시작했다.

그의 팔이 빠르게 움직였다. 그것을 다시 둥근 형태로 만들어서 그 안에 놈을 가뒀다.

만약 이 차크라가 견뎌내지 못하면 근접한 자신은 분명히 큰 피해를 입을 것이다.

"퍼엉."

군주가 중얼거린 순간이었다.

팽창한 용이 핵폭탄이 터진 것처럼 거대한 소리를 내면서 폭발했다.

콰아아아아아앙!

쿠구구구구구구구!

그 폭발은 가벼운 폭발이 아니었다. 밑의 사람들은 그들의 모습이 보이지 않았지만, 적어도 서울 전체가 진동할 정도의 폭발이었다.

거대한 폭발소리와 검게 터지는 빛을 허공을 통해서 본 사람들이 일제히 멈추기 시작했다.

군주의 편인 마인들 역시도 그 거대한 폭발에 깜짝 놀라 허공으로 시선을 돌릴 정도였다.

"미, 민혁아…."

미혜의 입술이 바르르 떨렸다. 아이볼업을 한 그녀의 눈에는 민혁의 모습이 똑똑히 보이고 있었다.

아직도 폭발은 끝나지 않고 있었고, 민혁은 입에서 피를 토하면서 힘겹게 그 폭발을 붉은 막 안에 가둬놓고 터져 나오지 못하게 막고 있었다.

만약 저놈이 터진다면 서울 한복판에 핵폭탄이 떨어진 것과 같은 충격을 받게 될지도 몰랐다.

"이런… 이거 안 좋은데."

알렌산드르 역시 불길함을 직감한 것인지 마른 침을 꿀꺽 삼켰다.

"설마, 아니겠지."

다이스케의 눈이 가라앉았다. 자신을 딱 밤 두 대로 기절시킨 사내였다. 버텨내야만 했다.

그렇지 못하면 자신들이 패하고, 더 나아가 이제까지 본 적이 없던 끔찍한 참사를 보게 될 것이었다.

"제발… 제발…."

미혜의 손이 절로 모아졌다. 그녀의 눈이 크게 떠졌다. 붉은 막에 거미줄 같은 균열이 생기기 시작했다.

이대로라면…

미혜는 민혁에게 다가가자고 여겼다. 모르겠다. 자신이 그에게 간다고 크게 도움이 될 거라는 생각은 안 들었지만. 어쩌면 마지막을 옆에서 함께하고 싶다는 미친 생각일 지도 모른다.

그렇게 생각한 순간이었다.

그녀를 스치고 허공을 날아가는 이가 있었다.

여인이었다. 회색빛의 머리칼을 가진 아름다운 여인이 빠르게 민혁을 향해 날아가고 있었다.

그녀는 순식간에 민혁의 등 뒤로 당도했다.

힘이 부친 민혁은 온몸이 아스라지는 느낌이었다. 몸 속 안에 내재 된 카르마까지 힘껏 끌어올리고 있었지만, 저놈을 막기에는 역부족이었다.

입에서 뿜어졌던 피가 턱선을 타고 그의 옷을 적시고 있었다. 회색빛 머리칼의 그녀가 민혁의 등 위에 슬며시 두 손을 올렸다.

그 순간이었다. 민혁은 몸속 안 카르마가 격한 반응을 보인다는 걸 확인할 수 있었다.

카르마가 증폭되고 있었다.

여인에 의해서. 그뿐만이 아니었다. 인피니티 건틀릿이 울부짖고 있었다.

"계승자시여. 전 그분의 기사, 제 이름은 무형갑입니다."

"······!"

파아아앗!

민혁의 눈이 부릅 떠진 순간이었다. 인피니티 건틀릿으로 카르마가 몰려들기 시작했다. 이제까지와는 달랐다.

인피니티 건틀릿이 이제껏 1의 힘을 사용했다면 2의 힘을 끌어올리는 느낌.

마치 봉인 하나가 타악 풀린 듯한 느낌이었다.

민혁의 눈이 매서워졌다. 여전히 폭발은 멈추지 않고 그의 막을 비집고 나오기 위해 비명을 토하고 있었다.

좌아아아앗!

인피니티 건틀릿에서 더욱 단단한 붉은 막이 형성되었다. 그리고 속 안의 폭발은 마지막 발악을 준비하고 있었다.

다시 웅장하게 터져나갔다.

콰아아아아앙!

쿠쿠쿠쿠쿠쿠!

처음의 진동보다 더 큰 진동이 서울 일대를 흔들고 있었다. 한강공원 내의 시민들은 비명을 지르면서 자신들의 귀를 막고 주저앉거나 눈을 질끔 감아버렸다.

그들을 향해서 하얀빛이 촤아아악 퍼져나갔다. 그것이 폭발에 의해서인지, 다른 힘에 의해서인지 사람들은 분간할 수가 없었다.

후두두두!

허공에서 흙먼지가 바닥으로 떨어져 내리기 시작했다. 형체도 알 수 없이 소멸 된 무언가도 있었다.

미혜의 시선에는 아무것도 보이지 않았다. 자욱한 먼지뿐이었다. 그녀의 손에 식은땀이 흥건하게 맺어졌다.

정체를 알 수 없는 회색빛 머리칼의 여인이 민혁의 등에 손을 가져가고 그가 한결 수월해지는 것을 볼 수 있었다.

그렇지만 마지막 폭발.

과연 이겨냈을까?

진동이 잠잠해지자 모든 사람들의 시선이 허공으로 향했다.

"아니겠지."

노블레스 마하엘의 눈이 가늘어졌다. 그가 정말 듣던 대로 코리안 나이트 염인빈이라면 이런 곳에서 죽으면 안 되었다.

"좋지 않아, 상황이 매우 좋지 않아."

시가 연기를 뿜는 검은 별 존 워커가 고개를 절레절레 저었다. 그가 죽었다면, 이 세상은 끝이다.

자신들이 막아낼 수 없었다. 검은 용 한 마리가 이 정도로 강민혁이라는 존재를 몰고 갔다, 헌데 저 정체 모를 사내는 여전히 견고하지 않은가.

파아아아앗!

그 순간이었다. 허공에서 한 사내가 밑으로 떨어져 내리고 있었다. 그는 입고 있던 슈트가 불에 그을린 모습이었다. 허공에서 떨어져 내리는 그의 손이 좌아악 슈트 상의와 와이셔츠를 찢어내었다.

그의 단단한 상체가 모습을 드러냈다.

촤르르륵!

인피니티 건틀릿이 그의 상체를 뒤덮었다.

쿠우우웅!

그가 바닥으로 착지하자 땅이 우지직 균열이 생겼다.

"역시."

마하엘이 생긋 웃었다. 존 워커도 픽 실소를 흘렸다.

"당신이 죽으면 안 되지. 그럼 내가 억울해서 어떡해."

알렉산드르가 십 년 감수했다는 표정으로 한숨을 뱉어냈다.

민혁이 내려서고 얼마 후, 회색빛 머리칼의 여인이 사뿐히 바닥에 내려섰다.

민혁의 눈이 날카롭게 허공으로 향했다. 그가 땅을 박차는 순간이었다.

군주를 향해 날아오르기 시작했다.

5. 무어, 널 베겠다

RAID

신의 탄생

5. 무어, 널 베겠다

레이드

NEO MODERN FANTASY STORY

민혁의 인피니티 건틀릿으로 방금 전 죽은 검은 용의 차크라가 흡수되고 있었다. 그의 머릿속에 형상 하나가 그려진다.

그 형상은 몸을 두르고 있는 가벼운 갑옷이었다. 마치 천으로 만든 것 같기도 했지만 무척 단단해 보이는 그것은 무엇이든 막을 수 있을 것만 같았다.

'차크라가…'

그리고 더 놀라운 사실은 방금 전 검은 용에게서 흡수한 차크라는 평소보다 월등히 많은 양이라는 사실이었다.

1의 차크라를 흡수할 수 있다면 그는 마치 1.5의 차크라를 흡수한 느낌이었다.

머릿속 형상에 떠오르는 갑옷이 무엇인지 알 수 있었다. 무형갑. 그렇지만 아직 온전한 힘을 찾지 못했다.

회색빛 머리칼의 여인은 자신을 무형갑이라고 말하기도 했다.

"일단은 네놈부터."

군주의 앞에 선 민혁은 매서운 눈으로 그를 쏘아보았다. 그는 작은 조소를 머금고 있었다. 허공에 군주가 손을 뻗는 순간이었다.

뱀 수 십 마리가 나타나 꾸물꾸물거리더니 곧 검은 색 스태프의 형상으로 변화했다. 변화된 스태프를 그가 휘두르는 순간이었다.

검은 검 수십여 개가 생겨나 민혁을 향해 빠르게 접근했다.

채애애앵!

인피니티 건틀릿을 스치고 지나가는 검은 요란한 소리를 토했다. 검 하나하나가 자아가 있는 것처럼 민혁을 쫓고 있었다.

뒤로 물러서는 그가 검 하나를 힘껏 내리치자 화르륵 재가 되어 사라졌다.

푸지익!

검의 속도는 번개처럼 빨랐다. 민혁이 흡수했던 차크라를 서둘러 몸 곳곳에 흘려보냈다. 속도가 올라가고 힘이 증가한다.

파아아앗!

검을 피해내던 민혁은 어느덧 군주의 머리 위를 향해서 발을 내리치고 있었다.

콰직!

군주가 스태프를 휘두르자 검은 막이 그의 발을 막아냈다.

"흐으읍!"

검은 막을 발로 한 번 박차고 빙글 뒤로 돈, 민혁의 주위로 붉은 구가 빠르게 생겨나며 단도로 변했다.

파파파파팟!

파파파파팟!

붉은 단도가 검은 검들을 향해 일제히 날아갔다. 그의 붉은 단도는 그의 지시에 따라서 검은 검들을 소멸시키기 시작했다.

촤아아아앗!

민혁의 팔이 휘둘러졌다. 아니, 휘둘렀다는 것보다는 마치 몸을 피하듯이 하면서 슬쩍 움직였을 뿐이다.

구현된 무형검이 사내를 향해서 접근했다.

촤아아아악!

이상한 낌새를 느낀 사내가 몸을 틀었을 때에는 이미 그의 팔을 양단했을 때였다.

[소리도, 형체도, 기척도 없다. 재밌군.]

접근하는 무언가가 있다는 것을 알지 못했다. 단지, 민혁의 시선을 두고 알아챘을 뿐이다. 그의 팔이 잘려나간 부분에서는 피조차도 흐르지 않았다. 바닥으로 추락하려던 검은 팔은 그의 멀쩡한 오른손에 쥐어졌다.

그는 그 팔을 장난감 끼우듯이 자신의 팔이 잘린 부분에 부벼 대었다.

그러자 아무 일도 없었던 듯이 팔이 붙었다. 그는 그 팔을 움직여보고 손도 쥐었다 피었다 반복해봤다.

"피콜로냐?"

민혁이 미간을 찌푸렸다. 그는 대답하지 않았다.

"군주."

꿈틀!

그 말에 사내의 미간이 꿈틀거렸다. 사내의 시선이 밑으로 향했다. 회색빛 머리칼의 여인과 눈이 마주친 그는 음침하게 웃었다.

[그분의 기사인가? 푸흐흐. 한심하기 짝이 없군.]

그는 이마에 손을 짚으면서 웃어 재꼈다.

[막을 수 없다는 것을 알 터인데, 인간의 힘을 이용해 우릴 막겠다? 미치광이 신이군.]

"내가 봤을 땐, 너희들이 모시는 마신이 더 미치광이 같은데, 그 새끼 또라이 아니야?"

민혁이 자신의 머리 옆에 검지 손가락을 빙글빙글 돌려 대었다. 군주의 표정이 딱딱히 굳어지고 있었다.

"왜 남들 잘 사는데 와 가지고 지랄들이야? 니네 집에 몰래 도둑 들어가면 기분 좋냐? 내가 마계가서 한 번 휘저어 줘?"

그의 도발에 군주의 얼굴이 갈수록 일그러지고 있었다. 그리고 민혁은 간파한 것이 하나 있었다.

"존나 약한 새끼야."

군주는 답이 없었다.

왜 그는 위에서 조종만 하고 있었을까. 그가 정말 강한 힘을 가졌다면 함께 움직였을 것이다. 그렇다면 이미 게임은 끝났다.

검은 용과 부딪치면서도 꽤나 벅찼었다. 군주가 강했고, 그가 가세했다면 자신은 죽었다.

놈은 마족들이 입은 상처를 말도 안 되는 속도로 재생시키고, 검은 용을 꼭두각시처럼 부렸다.

괴수들을 끌고 오기도 했다. 한 가지 추측을 했는데, 그게 정확히 맞아 떨어지는 것 같다.

핵심은 검은 용이었다. 그는 알렉산드르 같은 자다.

마물을 부리는 조종자.

검은 용은 빌어먹게 강했다. 그렇지만 그는 전력의 핵심인 놈을 잃었고, 이제 바닥에선 마인들이 하나둘 정리되기 시작하고 있었으며 민혁과 싸우는 순간, 그의 힘을 받지 못하게 된 마족들이 바닥으로 털썩털썩 시크릿 에이전트에게 당해 쓰러지고 있었다.

놈은 군주라는 이름을 가졌지만 실제 무력은 약하다.

알렉산드르는 SSS급의 각성자지만 육체적인 능력은 S급에 지나지 않는 것처럼.

"이제 그만 뒈져라."

민혁의 눈이 날카로워졌다. 빠르게 놈을 죽인다. 그의 몸의 주위로 카르마가 폭사되기 시작했다.

강한 힘이 자신을 억누르자 놈이 들리지 않을 신음을 흘렸다.

[그거 아는가?]

곧 그는 실소를 흘렸다.

민혁이 미간을 찌푸렸다.

[저 여인한테 우리들의 이야기는 들었겠지, 나는 여덟의 군주 중 가장 낮은 서열의 여덟 번째 군주.]

"……"

그 말은 쉽게 풀이할 수 있다, 자신이 가장 약하다는 의미.

[푸흐흐흐흐, 날 죽인다고 달라지는 건 없다. 네놈은 곧 뒈질 테니까.]

"입냄새가 여기까지 나는군."

민혁의 눈이 날카로워졌다. 그 순간, 그가 빛처럼 움직였다.

콰지이익!

군주는 그의 속도조차 쫓지 못했다. 민혁의 주먹이 그의 옆구리를 가격하자 움푹 패이고 들어갔다.

커억!

입을 벌리는 놈의 입에서 거친 신음이 터져 나왔다.

그 입안에 손을 집어넣고 턱뼈를 함께 잡았다.

우지지직!

그는 야구공을 쥐듯, 강한 힘을 손에 주었다. 놈의 턱뼈가 처참히 아스라졌다. 거기에 그치지 않고 번쩍 발을 치켜올리며 놈의 광대를 가격하자 광대가 무너지면서 우측 눈알까지 터뜨려버렸다.

주르르륵!

진득한 피가 흐르고, 소름끼치는 뼈가 아스라지는 소리가 계속해서 퍼졌다.

너무나 잔인한 모습이었기에 사람들은 차마 그 모습을 올려다보지 못할 정도였다.

"천이도 네 짓이겠지."

아마 천이를 마인으로 만든 것도 이 자일 것이다. 어쩌면 지금 세계의 사람들을 마인으로 이끈 자가 이놈일지도 모른다.

"뒈져라. 짜증나는 능력 애지간이 쓰고."

그의 주먹이 명치를 때리는 순간, 놈의 몸이 허공에서 폭발했다.

후두두둑!

몸의 부산물이 바닥으로 떨어져 내렸다. 허나, 민혁은 경계를 늦추지 않았다.

역시나. 놈이 죽자 그 껍데기 뿐이었던 육신에서 거대한 마기가 방출되면서 악마의 형상이 모습을 드러냈다.

악마의 형상은 열린 문으로 도망치려 했다.

민혁의 주먹에 강한 힘이 몰렸다. 그는 카르마의 상당량을 그 주먹에 주입했다.

대포탄.

콰아아아앙!

대포탄의 크기는 제트기 한 대 만큼 거대했다. 그 방대한 힘은 문을 향해 날아가더니 닿는 순간, 거칠게 폭발을 일으켰다.

콰지이익!

문이 사라졌다.

놈이 도망가게 둘 생각은 없었다. 어떻게든 놈을 잡아두고, 흡수를 하거나 혹은 알아낼 것을 알아내고 싶었다.

또 다른 군주가 이 세계에 있는지 그런 것들.

[크랴아아악!]

검은 문이 사라지자 놈이 거칠게 포효했다.

"또 다른 군주가 있는가?"

그의 눈이 가늘어졌다. 민혁의 몸에서 폭사된 카르마가 놈을 옭아매기 시작했다.

붉은 줄의 형태로 뻗어나간 그것은 놈을 속박했다.

놈은 2m정도 크기에 두 개의 뿔을 가진, 말 그대로 악마의 형상을 하고 있었다.

마족과는 다른 느낌이었다.

[있…지….]

민혁의 미간이 찌푸려졌다. 그의 가늘게 떨리는 대답 사이로 놈이 히죽 웃는 것이 보였다. 그 순간이었다.

민혁은 스산한 느낌이 들어 몸을 홱 틀었다. 그 순간, 가늘고 하얀 손 하나가 그의 배를 스치고 지나갔다.

자신을 공격한 이를 향해 시선을 튼 민혁의 눈이 경악으로 물들었다.

그만 경악 한 것이 아니다.

마인들을 정리하고, 마족들을 모두 사냥한 13인의 퍼스트 클래스들과 시크릿 에이전트들의 눈이 와락 일그러졌다.

허공을 날고 있는 금발의 여인이 있었다.

사람들은 그녀를 샌드의 악녀, 줄리안 무어라는 이름으로 칭송했다.

"무어…."

민혁의 목소리가 가늘게 떨렸다. 무어의 눈이 검다. 마인? 마인이 되었다?

아니, 일반 마인과는 조금 더 달라 보였다. 그녀의 몸에서 폭사 되는 마기는, 마인이라고 생각하기에는 너무나 짙었고 소름이 돋을 정도로 음산했다.

파아앗!

무어의 손이 바람처럼 움직였다. 민혁이 몸을 비틀어 피했으나, 그녀의 손이 그를 쫓았다.

믿을 수 없을 정도로 빠른 속도였다. 결국 민혁이 그녀의 손을 쳐냈다.

민혁의 시선이 자신의 배로 향했다. 그녀의 또 다른 손이 있었고, 배 쪽으로 둥근 형태의 모래의 구가 있었다.

파아아아악!

모래가 터지면서 배 쪽으로 강한 통증이 생겼다. 민혁의 몸이 뒤로 쭈우우욱 밀려났다.

"쿨럭!"

기침을 토한 민혁이 초점 없이 자신을 바라보며 선 무어를 보고 있었다. 언제부터?

[문을 열어준 것도 그 여인이지.]

속박된 군주는 음침하게 비웃었다.

[인간이란 이렇지. 정을 붙였던 자라면 함부로 하지도 못해. 우리였다면 당장에 베었을 거야, 크흐흐흐!]

군주의 비웃음, 무어의 주위로 모래가 몰려들기 시작했다. 그녀는 자신이 알던 그 급보다 더 강했다.

그렇다고 한들 자신이 죽일 수 있다면 죽일 수 있을 수준이었다.

[어찌할 건가? 응? 흐흐흐, 저 아름다운 여인의 목을 비틀게야?]

그 말이 끝나는 순간이었다. 무어가 천천히 군주를 향해 손을 뻗었다. 그를 속박하고 있던 붉은 줄이 스르르 허공에 흩날려 사라졌다.

무어가 사뿐사뿐 허공을 밟고 그의 앞에 다가섰다.

[아나시스 님의 힘을 받았구나.]

아나시스. 누구인지는 모르지만, 그 존재가 무어를 저리 만들어놓은 듯 싶었다.

추측하면, 이곳에 숨어있는 다른 군주일 수도 있다.

[저 자를 죽여라.]

"네."

무어의 입이 천천히 열렸다.

그 순간, 모래가 폭풍을 만들어내기 시작했다. 그 폭풍은 무어를 감싸 안고 있었다. 그뿐만이 아니었다.

그녀의 몸에서 폭사되는 마기가 민혁의 숨통을 조이고 있었다.

그녀와 만났던 날이 머릿속에 스친다. 자신은 그녀를 보며 많이 웃었고, 자신 때문에 그녀는 많이 울었다.

민혁의 입술이 질끈 깨물어졌다.

"무어."

그는 씁쓸하게 웃었다. 그녀의 머리를 참 많이도 쓰다듬어 주었었다. 그녀는 자신에게 고백할 날만을 기다리며 매일 같이 목에 걸린 목걸이의 케이스를 열었다 닫았다 반복하는 것을 알았다.

그녀의 목에 걸린 십자가.

"그 모습조차도 아름답구나."

민혁은 자신의 배를 내려다봤다. 방금 전, 당한 충격을 인피니티 건틀릿이 감싸기는 했지만 적지 않은 충격이었다.

갑옷 안이 조금 찢어졌는지 피가 뚝뚝 바닥으로 떨어지고 있었다.

그의 주먹이 쥐어졌다. 무어가 허공을 박차는 것이 보였다.

자신 때문에 울었고, 자신 때문에 웃어 주었으며. 항상 자신이라는 사람을 사랑해주었던 여인이 그를 죽이기 위해 거대한 형태의 모래 창을 형성하고 있었다.

❖ ❖ ❖

세계 30여 개 국의 주축들이 모여 있는 자리였다. 회의는 애드거 앨런이 이끌며 진행되었다.

회의의 주체는 '발록과 군사'다. 그에 관련한 시뮬레이션과 만약 막지 못했을 시 세계가 가지게 되는 피해 등을 추측해보았고, 그로 인해서 세계의 각국들이 어떤 식으로 협조를 해야 할 지 이야기를 하는 자리였다.

그러던 중 급하게 속보가 들어왔다.

13인의 퍼스트 클래스가 향한 대한민국에서 마인들이 습격을 했다고. 현재 드러난 마인들의 숫자만 수 백 여명, 거기에 마족과 정체를 알 수 없는 사내와 괴수들의 등장으로 혼란이 빚어지고 있다고.

회의도 중요했지만 각국의 대표들은 다급히 영상을 요구했다. 대한민국에서 방송되는 전파 하나를 끌어왔다.

생방송으로 방송이 전파되고 있었다. 그들은 모두 집중했다.

13인의 퍼스트 클래스를 소유한 국가들은 자신들의 수호신을 잃으면 어찌될지 조마조마하는 모습이었다.

영상 속에서 시크릿 에이전트가 모습을 드러내고 밀리는가 싶었던 13인의 퍼스트 클래스들이 우세를 잡기 시작했다.

그리고 강민혁. 그가 검은 용과 사투를 벌이다가 허공 높이 치솟았고 카메라가 거대한 폭발음과 함께 부르르 떨렸다.

그 모습에 그들도 마른 침을 꿀떡 삼켰다.

다행이 강민혁은 무사했고, 허공 위에 높이 선 정체 모를 사내와 격전을 벌이는가 싶더니, 그를 압도하기 시작했다.

그렇지만 영상이 지속될수록, 애드거 앨런의 눈이 크게 떠지기 시작했다.

-13인의 퍼스트 클래스 중 샌드의 악녀라 알려진 줄리안 무어가 갑자기 강민혁을 급습하기 시작했습니다! 이, 이게 어떻게 된 일인가요!

화면 속 긴 머리카락의 미모의 여인의 당혹한 목소리처럼 애드거 앨런도 마찬가지였다.

모든 사람들의 시선이 애드거 앨런에게 향해 있었다.

"무, 무어…!"

카메라는 어느덧 악마의 형상을 한 존재의 옆에 선 무어를 확대하고 있었다. 그 앞으로 강민혁이 있었다.

"안 돼."

무어가 강민혁을 공격하는 건 의문이다. 추측은 검은 형상. 강민혁이 무어를 죽이는 순간 세렌디피티는 휘청인다.

그렇다고 강민혁이 그녀의 공격을 고스란히 받는다는 것도 말이 안 된다.

애드거 앨런의 머리가 새하얘졌다. 줄리안 무어가 민혁을 향해 덤벼드는 것이 보였다.

그녀의 손에서 뻗어진 기다란 모래 창이 민혁을 향해 쏘아졌다, 그것을 위로 힘껏 튕겨 내었지만 어느덧 무어는 민혁의 안면을 후려치고 있었다.

그가 바닥으로 급히 떨어져 내리는 모습이 들어왔다.

"주, 줄리안 무어가 아니지 않소."

아무리 줄리안 무어가 강하다지만 강민혁이라는 사내를 저렇게 공격할 수 있지 않았다. 그리고 카메라가 쫓지 못할 정도로 빠른 움직임까지.

모두 그녀가 조종당하고 있다고 확정 짓고 있었다.

"제발…."

애드거 앨런의 손에 땀이 흥건해졌다. 강민혁은 져서는 안 된다. 하지만 줄리안 무어도 잃고 싶지 않았다.

바닥으로 하강하던 민혁이 다시 하늘 높이 뛰어오르기 시작했다. 무어와 민혁, 서로가 서로를 마주보고 있었다.

카메라는 최대한 확대되었다. 민혁이 뭐라 중얼거리는 것이 보였다.

애드거 앨런의 미간이 찌푸려졌다. 그는 대한민국과 교류를 하고 있었기 때문에 라이센스를 통한 통역이 아니여도 실제로 한국어를 꽤나 했다.

민혁의 움직이는 입은 '널 베겠다, 무어.' 라고 말하고 있었다.

❖ ❖ ❖

그녀에게 얼굴을 가격당하고 바닥으로 추락하는 민혁의 머리에 수많은 생각이 스치고 지나갔다.

자신은 무엇을 해야 할까.

어떻게 해야만 할까.

밑의 사람들이 추락하는 그를 보며 혹여 자신들과 부딪칠까 비명을 질렀다. 그 비명이 그를 깨웠다.

번쩍 다시 뛰어오른 그는 무어와 마주보고 섰다.

초점 없는 눈동자의 그녀는 당장이라도 다시 공격할 것 같은 모습이었다.

그녀에게 소리 없이 질문했다.

무어, 어떻게 해야 할까.

그녀는 답하지 않았다.

그렇지만 답하는 것 같았다.

그녀는 무표정했지만 울고 있는 모습이 겹쳐 보였다. 그녀가 울고 있다.

두려워하고 있었다. 지금 자신이 행하는 일들을, 자신이 공격하는 것을 슬퍼하며 두려워하고 있었다.

어디선가 흐릿한 휘파람 소리가 들리는 것만 같았다.

❖ ✤ ❖

[과거]

와장창창!

무어의 방 안의 꽃병과 화장품들이 그녀가 팔을 휘두르자 바닥으로 쏟아져 내렸다. 그녀가 부르르 떨리는 눈으로 자신의 손을 내려다봤다.

처음으로 사람을 죽였다.

자신이 방출계 능력자로써 급부상하기 시작하자 세계에서 관심을 받기 시작했다. 하지만 그와 함께 경계를 하고, 그녀의 성장을 제지하려는 이들이 분명히 있었다.

세린디피티는 더욱더 그 이름이 견고해지고 있었고, 무어의 성장은 세린디피티의 이름을 더 높이 세울 테니까.

그 때문에 암살자들이 왔고, 그들은 무어의 손에 모두 죽었다.

자신을 죽이려 했던 자들이지만 사람을 죽였다. 그녀는 화장실로 급히 뛰어갔다.

자신의 손부터 팔을 깨끗이 비누칠을 해서 씻었다. 그래도 그 기억이, 손을 스쳤던 감각이 사라지질 않았다.

"싫어…!"

우지직

그녀가 던진 화장품 하나가 거울과 부딪치자 거미줄 같은 균열을 만들어내었다.

쿵쿵쿵!

"무어! 무슨 일이야! 무어!"

바깥으로 애드거 앨런의 목소리가 들렸다. 그녀는 속이 울렁거리는 것을 느끼고 변기에 고개를 박았다.

"우웨웨웩!"

속 안의 모든 것을 비워내었다. 그녀가 화장실 한 구석에 털썩 주저 앉아 자신의 귀를 막고 눈을 감았다.

그렇게 하루, 이틀이 지났다. 애드거 앨런은 문을 열고 들어왔지만 어떻게 해줄 수가 없었다.

그녀는 무서워하고 있었다.

앞으로 이런 일들은 숱하게 벌어질 테니까.

식음을 전폐하고, 방 밖으로 나오지 않았다.

애드거 앨런은 그저 안타까워 할 뿐이었고, 되도록 그녀의 방에 들어가지 않고 혼자 진정할 수 있게 도와주었다.

그러면서도 그녀를 주시하는 걸 잊지 않았다.

똑똑!

오늘도 아무것도 먹지 않은 그녀는 화장실에서 위액을 토해냈다. 누군가 문을 두들겼다. 고개를 무릎 사이에 파묻고 있던 그녀의 고개가 들려졌다.

똑똑!

"무어, 나야. 인빈."

염인빈이었다. 대한민국에 바쁜 일이 있어서 당분간 오지 못한다던 그가 왔다. 무어는 눈을 질끔 감으면서 귀를 막았다.

"다, 당신 때문이야…! 당신이 날 이곳에 데려오지만 않았어도 이렇게 되진 않았어!"

자신의 재능을 높이 산 그는 자신을 훈련시켜주었다. 새로운 사람으로 바꾸어주었다. 따뜻하게 안아주었다.

그렇지만 지금만큼은 그가 원망스러웠다.

"들어갈게."

문고리가 후둑 부서졌다. 그가 문을 열고 들어왔다. 무어는 몸을 더욱 웅크렸다.

"나가! 보고 싶지 않아! 꺼지라고!"

인빈의 손에는 스프와 빵, 물이 올라간 쟁반이 있었다. 그는 그것을 테이블 위에 올려놓았다.

"당신 때문이야! 당신 때문에 내가 사람을 죽였어, 앞으로도 계속 사람을 죽이겠지, 날 죽이려는 자들도 생길 거야. 흑! 왜, 왜 날 이렇게 괴물로 만들었어! 응?"

그녀는 고개를 들어올려 서럽게 울면서 외쳤다.

인빈의 눈이 가라앉았다.

"그럼 그곳에서 아직도 다른 남자들과 뒹굴고 있었겠군, 내가 데려오지 않았다면, 늙어 죽을 때까지."

그는 방안을 둘러봤다.

"이 호화로운 곳에서 잠도 자지 못했겠지, 방출계의 천재라. 그리 불리지도 못했겠지."

"다, 당신…."

그녀의 입술이 파르르 떨렸다. 그런 뜻으로 한 말이 아님을 알잖아요. 그런데 왜 날 몰아붙여요?

"네가 지금 하고 있는 기부 활동도 하지 못했을 거야, 아프리카의 수많은 아이들을 구했고, 사창가에 팔린 수많은 아이들을 위해 움직이기도 하고 있지, 너를 보고 꿈을 품는 세계의 아이들도 있고, 너를 존경하는 수많은 사람들도 있다. 그런데 넌 지금 그런 그들을 바보로 만드는 말을 하는 거야. 무어."

그의 서늘한 시선에 무어는 다시 고개를 파묻고 꺼억꺼억 거리며 울음을 참기 위해 노력했다.

"나, 나 너무 무섭다고요… 내가 사람을 죽였단 말이에요… 그 사람과 눈이 마주쳤어요… 또 날 죽이려고 했어요. 나 너무 무서워요. 인빈…."

인빈은 말하지 않았다. 한참이나 우는 그녀를 바라보았다.

터벅터벅 걸어간 그가 한 쪽 무릎을 굽혀 울고 있는 그녀를 안아주었다.

"이 겁보 아가씨야. 네가 사람을 죽였지만 지금 너로 인해 살아나는 사람들이 많잖아."

"하, 하지만… 난, 난… 알잖아요. 이렇게 대단한 사람이 될 수 없어요!"

그녀는 고개를 들어 외쳤다. 자신 같은 겁쟁이가 어떻게?

안았던 몸을 조금 떼낸 인빈이 한 손으로 그녀의 눈물을 훔쳐냈다.

"할 수 있어. 너는 누구보다 아름답고, 멋지며 강한 아이니까. 그리고 만약 네가 이겨내지 못할 것 같을 때, 정말 무섭다고 생각했을 때는."

그는 생긋 웃으며 잠깐 생각했다. 그리고는 입술을 동글게 말며 휘파람을 불었다.

"휘이익. 휘파람을 불어. 그럼 내가 어디에 있든 너한테 갈 거니까."

"거짓말…."

"정말. 나란 사람 몰라서 그래?"

그는 한다면 했다. 바보 같은 소리이지만 왜 믿음이 생길까, 그녀가 그의 가슴을 주먹으로 두들겼다.

"씨잉…! 제자한테 독설이나 하고."

"넌 이제부터 악녀가 되는 거야. 수많은 사람들을 구할 너지만, 악녀가 되는 거야. 모래를 다루니까. 샌드의 악녀. 어때?"

"샌드의 악녀…."

그녀는 그 코드네임을 곱씹었다. 다시 인빈이 따뜻하게 그녀를 안아주었다.

"걱정 마라. 두려워도 슬퍼도. 날 찾으면 언제든 널 도와
줄 테니까."

다시금 그녀는 그의 품에서 펑펑 울었다. 그 때의 이후로
무어는 더욱 강해졌고, 샌드의 악녀라 불리기 시작했다.

세계 최고의 방출계 여성이라 불리는 자의 탄생.

그것은 한 남자에 의해서 시작되었다.

❖ ❖ ❖

휘이이이익!

그것은 분명히 휘파람 소리쳤다. 민혁의 눈이 꿈틀거렸
다. 무어의 손은 공격을 취하기 위해 올라가고 있었다.

모든 것이 슬로우 모션처럼 느껴졌다. 휘파람 소리, 둥글
게 말린 그녀의 입에서 흘러나오는 소리였다.

도와줘요, 인빈. 그렇게 속삭이는 것만 같았다. 그녀의
남은 자아가 말하고 있었다.

무섭고 두려워요. 언제든 내가 휘파람을 불면 날 도와주
겠다면서요?

민혁의 눈이 천천히 감겼다. 그녀의 공격이 곧 그를 덮칠
것이다. 하지만 모든 것이 느리게 흐르는 것 같았다.

사랑한다는 걸 알면서도 애써 외면한 것 미안했고,

네가 힘들어하는 걸 알면서도 그렇게 부리고 굴리고 한
것도 미안했다.

아름다운 너의 눈에서 매일 같이 눈물이 나게 한 것도 미안했다.

한 번은 널 밀어내기 위해 다른 여자를 안고 잠을 잤지, 그것도 미안했어.

모든 것이 미안했다. 이 울보 겁쟁이 아가씨야.

"무어."

민혁의 눈이 천천히 떠졌다. 슬로우 모션과 같았던 모습들이 다시 원래의 속도로 돌아오기 시작했다.

길게 뻗어진 모래가 민혁을 꿰뚫기 위해 접근하고 있었다.

파앗!

민혁은 그것을 손으로 잡아챘다. 날카로운 것에 베인 듯이 피가 뚝 뚝뚝 바닥에 떨어져내렸다.

"휘이이이익!"

그녀의 입에서 휘파람 소리가 더욱 거세졌다.

"널 베겠다."

민혁의 주위로 카르마가 폭사되었다. 거센 바람이 불었다. 무어의 금발의 머리카락이 흩날렸다. 그의 눈이 서리가 내린 듯 차가워졌다.

무력하게 당하고 있던 민혁의 기세가 바뀌었다. 카르마가 폭사되기 시작하자 그의 머리카락이 그 힘에 휘날렸다.

"아, 안 돼… 민혁아…."

미혜는 고개를 저었다. 그녀는 자신의 스승이었다. 또 무어를 아는 누군가도, 그에게 도움을 받았던 아이들도, 애드거 앨런과 세렌디피티도 모두 자신을 원망하게 될 지도 몰랐다.

그렇지만 그녀가 원하고 있었다.

그리고 그녀는 남에게 상처 입히는 것을 좋아하는 사람이 아니었다. 애초에 겁쟁이에 울보였으니까.

"인간은."

민혁의 시선이 악마의 형상을 한 군주에게 향했다.

"마족과는 조금 다르지."

오른손으로 무형검이 구현되고 있었다.

"너희는 빼앗고, 죽이는 것에 '아, 오늘도 죽였다, 난 강하다.' 위안을 느끼겠지."

민혁은 쓰게 웃으며 무어를 보았다. 그녀의 목에 걸린 십자가가 반짝이는 것 같았다.

"우리 사람들, 부모들은 단 아이 한 명을 위해 출근해서 된통 깨지고 힘들어하는 나약한 존재지. 학생들은 학교에서 성적이 안 나왔다고 며칠 몇 날을 우는 바보 같은 존재이기도 해."

담배가 땡긴다.

"그들도 근데 위안을 느껴, 오늘 우리 아이를 위해 버텼다. 오늘 우리 부모님을 위해서 좋은 성적을 냈다. 그게 인간이야. 우리는 뭔가를 지켰다는 거에 위안을 느껴."

그의 손이 천천히 앞으로 뻗어졌다.

"너희 추잡한 마족과는 다르게 지킨다는 것에 우리는 모든 걸 건다."

파아앗!

민혁의 무형검이 구현되려던 순간이었다. 그의 단전 속, 차크라 주머니에서 강한 빛이 터져나왔다.

홀로 덩그러니 서 있는 검 한 자루, 그 옆에 또 다른 검이 자리를 잡았다.

또 한 자루의 무형검을 얻었다.

처음이 지키기 위해 강해지고자 했다면.

무언가를 희생하고서라도 지키고자 하는 것에 의해서.

두 자루의 무형검.

"그렇지, 무어?"

그녀를 보며 작게 웃었다.

막 그가 팔을 휘저으려는 순간이었다.

-우측 허공을 노리세요!

전음이 날아왔다. 그는 눈을 돌리지 않고 눈만을 내렸다. 회색빛 머리칼의 여인이 확신에 찬 표정으로 고개를 끄덕이고 있었다.

"오늘, 이 여인을 지켜야겠어."

좌아아앗!

그의 손에서 형체 없는 검 한 자루, 붉은 검 한 자루가 소리 없이 우측 허공을 향해 날아갔다.

우측 허공의 어느 한 곳과 닿는 순간, 공간이 찢어지면서 검은 피가 푸와왁 튀겼다.

그곳에서 한 여인이 모습을 드러냈다. 여인은 흉측한 몰골이었다. 팔 한 쪽이 잘려나가 있었고, 왼쪽 골반부터 시작해 오른 쪽 어깨까지 /자로 잘려 있었다.

[건방진.]

몸이 잘려나간 여인의 입이 비틀렸다. 그녀의 몸이 고무 찰흙처럼 다시 붙었다.

타앗!

민혁이 서둘러 무어에게 접근해 그녀의 뒷목을 거쎄게 후려쳤다. 풀썩 쓰러진 그녀를 한 팔로 안아 올렸다.

그녀를 안고 민혁은 새하얀 피부에, 검은 머리칼, 검은 입술을 가진 여인을 노려보았다.

[아나시스님.]

여인의 이름이 아나시스인 것 같았다.

[한심하구나.]

[죄송합니다.]

둘의 대화만 들어봐도 여인의 서열이 더 높음을 알 수 있었다.

[돌아가자.]

[하지만….]

악마의 형상을 한 군주가 말끝을 흐리자 그녀가 매섭게 노려봤다. 아직 그녀는 온전한 힘을 이곳에서 발휘할 수 없었다.

[예.]

아나시스가 팔을 휘젓는 순간이었다. 공간 하나가 생겨
났다.

"어딜."

[그 여인, 지킬 수 있을까.]

아나시스는 재밌다는 듯이 웃었다. 강민혁, 계승자라는
사실은 알고 있었고 자신들이 죽여야만 하는 존재라는 것
도 안다.

그가 내뱉은 말.

인간은 지키면서 행복해하고, 자신들은 죽임으로써 행복
해한다.

그건 약점이 될 수도 있다.

[한 번 지켜보든지.]

"꾸에에엑!"

그녀가 팔을 휘젓는 순간이었다. 무어의 입에서 검은 마
기가 폭사되어 뿌려졌다.

민혁의 미간이 찌푸려졌다.

"이런…."

어느덧, 두 존재가 검은 문을 열고 안으로 들어서고 있었
다. 둘을 놓친 것에 안타까웠지만 무어가 먼저였다.

그가 바닥으로 빠르게 내려섰다. 그녀를 조심스럽게 눕
혔다. 겁에 질렸던 사람들이 놀란 모습으로 두 사람을 보고

있었다.

어느덧 마인들과 마족들, 마물들까지 모두 정리가 끝났다.

13인의 퍼스트 클래스와 시크릿 에이전트까지 무어를 보면서 섣불리 다가서지 못했다.

"폭발하려는 것 같은데."

마하엘의 미간이 찌푸려졌다. 혹여 아까와 같이 검은 용처럼 폭발을 행한다면? 차라리 죽이는 것이 나을 수도 있다.

그러면 폭발이 멈출지도 모르니까.

마하엘이 허리춤에 걸린 검은 레이피어에 손을 뻗으며 다가서려 했다. 그는 계산이 빠른 자다.

죽여야 한다면 죽인다.

"다가오면 죽인다. 마하엘. 경고가 아니다."

민혁의 눈이 매서워졌다. 마하엘은 그의 시선을 피하지 않았다.

허나 매섭게 비집고 들어오는 그 살기에 그는 마른 침을 소리 없이 삼켰다.

그는 다시 한 걸음 물러섰다.

민혁의 손이 그녀에게 뻗어졌다. 인피니티 건틀릿이 이 힘을 먹을 수 있을까?

지금 당장도 뻗어지는 마기를 느끼면 평소에 알던 마기와 달랐다.

이질적이고, 범접할 수 없는 힘을 접하는 기분이다.

"먹어라. 제발."

이제는 그녀의 코, 눈, 입, 귀에서 계속 마기가 뿌려지고 있었다.

핏줄이 팽창하기 시작했다. 폭발의 징조다. 지체할 틈이 없다.

파아앗!

민혁의 손이 조심스레 그녀의 이마 위로 올라가는 순간이었다. 빠르게 마기를 흡수하기 시작했다.

마기의 양이 너무 방대했다.

저번에 마족을 죽였을 때보다 몇 배에 달하는 양이었다.

그는 힘껏 마기를 빨아들이면서 격투를 벌이기 시작했다. 그의 머리 위로 식은땀이 흘렀다.

자신이 마기를 빨아들인다고 해도 그녀가 버티지 못하면 죽을지도 모른다.

그녀의 몸이 부들부들 떨리기 시작했다. 발끝부터 머리 끝까지, 입에서는 게거품이 올라오기 시작했다.

"네가 죽는 거, 난 허락할 수 없다."

파아앗!

인피니티 건틀릿에서 황금빛이 뿜어지는 착각이 일었다. 회색빛 머리칼의 여인이 등 뒤에 서 있었다.

-무형갑에는 저초자도 알 수 없는 무수히 많은 힘이 있다고 합니다.

그녀는 스스로 무형갑이라 칭했다. 그런데도 정작 자신의 힘을 모른다니 황당하다. 그래도 뻗어 나가는 황금 빛이 무어의 안색을 좋게 하고 있었다.

파아아앗!

황금빛이 마기를 완전히 몰아내기 시작했다, 부들부들 떨던 그녀가 차츰 멈췄고, 호흡이 안정을 찾기 시작했다.

그녀가 완전히 진정이 되었을 때, 황금빛이 걷어졌다. 민혁은 힘이 타악 풀린 듯이 바닥에 주저앉았다.

"무어…!"

미혜가 그제야 뛰어와 무어를 껴안았다. 그녀의 눈에 눈물이 그렁그렁했다.

그러면서도 민혁을 노려봤다.

그녀도 한순간이나마 민혁이 무어를 죽이려고 했다는 사실을 눈치챈 것이다.

'그래도 살았으니까.'

민혁은 씁쓸한 표정으로 주위를 둘러보았다. 13인의 퍼스트 클래스, 시크릿 에이전트.

그리고 수십 만의 시민들. 그중 일부를 지켜내지 못했지만, 자신으로썬 최선을 다했다. 분명하게.

❖ ❖ ❖

오재원은 자신의 사무실에서 마우스로 스크롤을 내리고 있었다. 기사가 몇 초 단위로 계속해서 떠오르고 있다.

-계속된 정체불명의 사건들. 지구종말 현실화?

−어제 있었던 한강시민 마인 습격, 사망자 301명, 중상 43명… 13인의 퍼스트 클래스와 강민혁, 시크릿 에이전트 있었음에도 불구하고 수많은 사상자 나와….

−'시퍼강'이 지킨다? 마인 습격으로 인해 국민들 불신 커져만 가고 있어….

기사들을 보는 오재원은 미간을 찌푸리면서 작은 한숨을 토했다. 300여 명이 죽었고, 지금 중환자실에서 사경을 헤매는 이들이 43명이다.

수십 만 명의 인파가 있었다. 그중 실질적으로 마인의 손에 죽은 이들은 백 칠십 여명 정도다.

대부분의 사망자는, 통제가 이루어지지 않아 깔려 죽은 이들이 대다수이며 어떤 미친 각성자는 앞을 막아서는 일반 시민을 죽이며 뛰어대었다고 한다.

하지만 국민들은 다른 곳에 불신의 목소리를 높이고 있었다.

−시퍼강, 존나 약함. 지구 종말 ㅇㅈ?

−ㅇㅈ. 4월 16일 되기 전에 세상 여자 다 따묵 해야지.

−위에 분 뭐임? 세계 날아갈 수 있는데 그런 말 나오삼? 중요한 건 시퍼강이 우리를 지킬 수 있냐는 건데, 발록이고 군사고, 어제만 해도 그렇게 고전했는데, 시퍼강, 4월 16일에 전부 죽고 우리도 죽을 듯.

-ㄴㄴ 아님요. 강민혁 존나 쎄요. 영상 못 봤어요? 보이지도 않던데. .

-강민혁 쎄긴 한데, 마계의 존재에 못 미치는 것 같네요. 가족들이나 친구들한테 죽기 전에 잘해줘야겠어요.

시퍼강은 시크릿 에이전트, 퍼스트 클래스, 강민혁을 줄여서 칭하는 것이다. 그들의 조합으로 과연 발록과 군사들이 나오면 막을 수 있느냐 계속 의혹이 제기된다.

물론 오재원은 한 귀로 듣고 한 귀로 흘릴 것이다.

지금은 그보다 더 중요한 일이 있었다. 민혁이 곧 회색빛 머리칼의 여인과 함께 들어왔다.

두 사람이 자리에 앉았다.

❖ ✤ ❖

오재원은 헛웃음을 터뜨릴 수 밖에 없었다. 일단은 가만히 앉아서 들어보았다. 헌데, 갈수록 이야기는 가관이었다.

"그러니까, 강민혁, 네가 신이 된다? 세계를 지배할 절대신이?"

민혁은 그저 고개만 끄덕였다.

"그리고 옆에 앉은 분은 인피니티 건틀릿과 같은 무형갑이고, 어제의 그 남성과 여성은 마계의 군주들이다. 그리고 마신이 너와 이 세계를 노린다?"

그의 어처구니없다는 표정을 보면서 민혁이 담배 한 모금을 깊게 빨았다.

"재원아."

그는 대답하지 않았다. 머리가 복잡하다. 신들이 개입한다? 인간 세상에? 그런데 자신들이 헤쳐나가야 한다고?

"어제 봤겠지만 부정 할 수 없는 현실이다."

"니 새끼가 신이 되는 건 상관없어, 근데 왜 우리가 씨발 이 일에 껴야 되냐고!"

신들끼리의 권력다툼이라면, 자신들끼리 할 것이지 어째서 이 세계를 누가 먹을지 고민한단 말인가.

"감히 계승자님께… 죽일까요?"

"다리아. 가만히 있어."

다리아는 그녀가 가진 인간의 이름이었다. 그녀의 살벌한 말에 오재원은 미간을 찌푸렸고, 민혁은 분위기 파악 좀 하라는 표정이 되었다.

그렇지만 다리아는 못 마땅하다는 듯 오재원을 바라봤다.

결국 그가 뒤쪽 머리에 양 손을 받쳤다.

"미치겠군, 증말."

부정할 수 없다. 민혁의 말처럼. 어제 모든 것이 증명되었으니까.

"발록보다 더한 새끼들이 있을 수도 있다는 거네?"

"그렇겠지."

민혁이 흘끗 다리아를 돌아보았다. 그녀가 작게 고개만 끄덕였다.

"발록은 여덟 군주 중 서열 3위에 지나지 않습니다."

"3위…."

"서열 한 단계씩일 뿐일지라도 그들이 가지는 무력의 차이는 상상을 초월합니다."

민혁과 오재원이 서로를 보았다.

민혁은 어제 검은 용의 차크라를 흡수했다, 그 외에도 흡수한 양이 꽤 되었다. 기존 염인빈 일 때를 뛰어넘은 지는 좀 되었다.

그렇지만 과연 헤쳐나갈 수 있을까?

그가 다리아를 돌아봤다.

6. 마계 사냥꾼

NEO MODERN FANTASY STORY

RAID
신의 탄생

레이드

NEO MODERN FANTASY STORY

"발록은 수백의 군사와 함께 나타날 겁니다. 마계에선 그들을 악군이라고 부르죠. 악군의 마족들은 잘 훈련된 군사들이라고 생각할 수 있습니다. 알란이나 헨더, 그자들 역시 악군 소속입니다."

"…악군이라."

발록의 군사의 이름. 악군.

알란과 헨더도 악군의 마족들이었다. 그렇다는 것은.

"하나하나가 13인의 퍼스트 클래스들만큼의 힘을 발휘한다는 거군."

"그렇습니다. 어쩌면 그보다 더 강할지도 모르지요. 시크릿 에이전트. 그들로써도 다수의 악군은 상대하지 못합니다.

그리고 악군에는 네 명의 장군들이 있습니다.”

13인의 퍼스트 클래스 급의 군사들, 그리고 장군들까지.

“그들은 계승자님을 제외하고 이곳에서 대적할 자들이 없는 존재들입니다. 저조차도 감히 감당할 수 없지요. 장군 하나하나가 수십의 악군과 견줄지도 모릅니다.”

“삼국지의 관우, 장비, 여포 이런 건가?”

오재원이 실소를 머금었다. 너무나 현실성도 없고 민혁과 다른 이들이 감당해야 하기에는 벅찬 것이 현실이니까.

“삼국지… 그게 뭐죠?”

다리아는 모른다는 듯 고개를 갸웃했다. 민혁이 손을 휘휘 저었다. 계속하라는 제스처다.

“그리고 계승자님의 육신이 소멸 되었을 때 나타났던 발록은 온전한 힘을 발휘하지 못했습니다.”

민혁은 갑갑했던지 담배 한 가치를 꺼내 입에 물었다. 오재원도 한 가치 물었다.

두 사람은 그때 당시 놈의 무력을 두 눈으로 똑똑히 보았다.

그런데 그조차도 온전한 힘을 발휘하지 못했다?

“이번에 모습을 드러냈던 군주들도 마찬가지입니다. 온전한 힘을 발휘하지 못했습니다. 그들이 왜 두 개의 달이 뜨는 날 이곳에 돌아올까요.”

그녀의 질문에 민혁과 오재원의 입이 살짝 벌어졌다.

“씨발….”

오재원이 욕을 뱉었다.

"온전한 힘을 그때 갖춘다?"

"그렇습니다. 마족들이 본래의 힘을 발휘하는 경우는 마기가 풍부할 때입니다. 마계에서는 그들이 모두 온전한 힘을 발휘하죠. 그렇지만 이곳엔 마기가 없습니다. 허나, 두 개의 달이 뜨는 날. 그들은 온전한 힘을 발휘하게 될 겁니다."

이번에 나타났던 마인들과 마족들, 군주까지도 벅찼다. 그런데 온전한 힘까지 갖춘 그들과 싸워야한다.

"그렇기 때문에 그들이 필요합니다."

민혁은 고개를 끄덕였다. 앞서 오재원의 사무실에 들어오기 전 나눴던 이야기가 있었다.

똑똑!

노크를 하는 소리가 들렸다. 오재원이 수긍하자 문을 열고 들어온 것은 오중태와 그 일행들이었다.

"네 명의 사자들. 저들이 장군들과 싸워야합니다."

오재원의 미간이 찌푸려졌다. 시크릿 에이전트도 어찌하지 못할 장군들이다. 수십의 악군의 군사들의 힘을 발휘한다고 하였다.

중태와 그 일행의 급은 아직 13인의 퍼스트 클래스까지도 미치지 못했다. 물론 그렇다고 그들의 성장도가 낮았던 건 아니다.

오히려 폭발적이었지, 그래도 이건 말이 안 된다.

"저 네 사람이 장군들과 싸운다고?"

"예. 저들은 신의 사자. 계승자님을 보필하게 될 겁니다. 아직 온전한 힘을 찾지 못했을 뿐이죠."

다리아는 네 사람을 둘러보았다. 네 사람도 자신들이 민혁을 도울 사자라는 것은 알고 있었다.

하지만 자신들이 아직 온전한 힘을 찾지 않았다고 말한다.

자신들은 비약적인 상승을 이룩해내었다. 그런데도 더 성장할 수 있다고 한다.

"저들은 저와 함께 갈 겁니다. 그리고 계승자 님께서는."

그녀는 마지막 말을 끌었다. 그녀의 작은 웃음, 민혁의 미간이 찌푸려졌다.

그녀의 손가락이 어느덧 하늘로 향해 있었다.

"마계로 가셔야 합니다."

❖ ❖ ❖

"마계로 간다고?"

민혁의 미간이 찌푸려졌다. 자신에게 마계로 가라니. 마족과 군주, 마신까지 있는 그 마계로 가라고?

"마계에서 계승자 님은 또 다른 무형갑과 만나게 될 겁니다."

또 다른 무형갑.

"총 세 개의 무형갑의 조각. 건틀릿의 형상을 한 그것과

저, 그리고 마계에 있는 또 다른 조각 하나."

"나를 위한 것이라면서 어째서 마계에 있다는 거지?"

무형갑, 무형검은 신이 자신에게 하사한 특별한 물건이다, 식으로 게티도 다리아도 그렇게 말했다.

헌데, 어째서 그 조각 중 하나가 마계에 있단 말인가?

"그는 투신이라 불렸던 자입니다. 원래는 이미 계승자님이 그분을 통해 얻었어야 합니다. 그랬다면 지금의 저도 흡수를 했겠죠."

다리아가 본 강민혁은 아직 자신을 흡수하지 못했다, 자신을 흡수하려 하면 결국 견디지 못하고 죽을 것이다.

"마계의 군주들이 그를 마계의 감옥에 가둬놓았습니다. 그는 죽지 않습니다. 그들의 손에는. 하지만 당신의 손에는 죽을 겁니다. 그가 죽으면 무형갑의 조각을 얻으실 수 있습니다. 그리고 그 조각을 얻어야만 저 또한 얻으실 수 있을 겁니다."

투신이라는 자는 마계의 존재들이 죽이지 못한다. 그래서 가둬놓았다. 그리고 그를 죽이면 조각을 얻을 수 있고, 다리아의 힘도 얻을 수 있다.

"그렇게 되면 대적할 수 있나?"

4월 17일날 모습을 드러내게 되는 그들을?

"대적할 수 있을 겁니다. 계승자님은 언젠가는."

다리아의 눈이 부드러운 곡선을 그리며 눈꼬리가 올라갔다. 그녀가 하얀 이를 드러내며 웃어 보였다.

"마신조차도 죽여야 할 것입니다."

신을 죽인다. 힘을 갖춰서.

오재원은 믿기지 않는다는 듯이 실소를 머금었지만 민혁은 달랐다.

"계속 강해지라 하는군."

"그래야만 하니까요. 그래야, 계승자님께서 지키고자 하는 것도 지킬 수 있을 겁니다."

민혁이 작게 고개를 끄덕였다.

그는 쓰게 웃으며 소파의 뒤에 선 아이들을 돌아봤다.

"미안하다."

"뭐가?"

중태의 그 물음에 민혁은 대답하지 않았다. 그냥 모든 것이 미안했다. 그들이 사자가 된 것, 운명인가? 아니면 자신의 곁에 있었기 때문일까.

모두 모른다. 하지만 그들은 자신과 함께 싸워야만 했다. 아직 네 사람은 모두 너무나도 어렸다.

그런 그들이 자신과 함께 헤쳐가야 할 일이 너무나도 많았다.

"개소리 좀 작작해. 모두 다 뒈질 판국인데, 누구든 싸울 수 있다면 싸워야지. 안 그래?"

이현인이 미간을 찌푸리면서 으르렁 거렸다. 차라리 욕을 해주니까 마음이 편하다.

"참, 투신은 전 차원을 통틀어서 가장 강했던 사내입니다."

다리아의 말에 민혁의 고개가 확 돌아갔다.

"게티와 비교하자면?"

"게티라는 사자는 고작 천계에서 광야의 게티로 이름을 떨쳤습니다. 투신은 다릅니다. 군주들도 그를 잡기 위해 많은 피해를 입었던 걸로 압니다."

"그런데 그게 나하고 무슨 상관이야? 어차피 난 가서 조각만 얻어오면 되는 거 아닌가."

다리아는 그 말에 고개를 저었다.

"투신은 지금 마인이 되었습니다."

"……."

그 말은 쉽게 풀이할 수 있다. 군주들에게 지배 받는다는 것.

"자신의 사명, 자신의 이름. 그 어떤 것도 기억하지 못합니다. 계승자님은 그 투신을 죽여야 합니다. 전 차원을 통틀어 가장 강했던 그 자를요."

"그래봤자, 신급은 아닐 테니까."

민혁은 쓰게 웃었다. 자신은 인간이라는 종족 중에서는 가장 강할 거다. 투신도 지구의 인간과 비슷한 존재고, 수많은 차원 중 하나의 종족.

그 종족을 전부 통틀어서도 강한 자. 그렇지만 신은 아니다.

"그렇긴 하지만 무시해선 안 됩니다. 저도 그 무위에 대해서는 정확히 알지 못하지만 분명히 조심해야 합니다.

그를 죽이시면 막대한 힘과 무형갑의 조각을 얻고, 완전한 개방을 이룩할 겁니다."

다리아의 눈이 날카로워졌다.

"그때엔 신에 근접하게 될 겁니다. 분명히."

신에 근접하게 된다. 민혁의 눈이 가라앉았다. 오재원과 아이들은 강민혁이 신이 된다는 말에 그를 보기만 할 뿐이었다.

❖ ✛ ❖

옥상으로 올라왔다. 선선한 바람이 분다. 당장 활인길드 바깥만 해도 난리가 아니었다.

피켓을 든 수백 명은 됨직한 시민들이 '활인길드는 이번 피해에 대해서 정확하게 해명하라' 면서 목소리를 높이고 있었다.

해명? 분명히 했으며 피해를 최소화하기 위해 노력했다. 그렇지만 국민들은 더욱 많은 것을 요구하고 있었다.

특히나 sns의 힘이 가장 컸다. 계속 강민혁과 시크릿 에이전트, 13인의 퍼스트 클래스에 관련한 불신어린 글들이 올라오고 있었으며 발록은 돌아오지 않는다. 그들의 자작극이다. 라는 말을 선동하는 자들이 생겨나고 있었다.

물론, 활인길드와 강민혁은 말을 많이 한다고 해서 잠잠해지지 않을 것을 안다.

"신이 된다. 신이 되면 나는 무엇을 해야 하지?"

치이익!

깊게 빨자 담배가 타 들어 가는 소리가 났다. 연기를 뿜으며 그녀를 돌아봤다. 바람결에 머리카락이 흩날리는 그녀. 다리아이자 무형갑은 허공을 향해 시선을 두고 있었다.

"전 차원을 관장하고 균열을 흐트리려는 신들을 제지해야 합니다. 절대신이라고 해서 태어나야 할 운명을 거슬러선 안 됩니다. 절대신이라고 해서 오늘 죽을 자를 살리지도 못합니다."

"운명이니까?"

"예."

"그래서 이렇게 좆같이 도와주는 건가?"

민혁의 목소리가 심드렁했다. 그 대단한 힘들을 그냥 주면 덧나나? 너무 어려운 길을 돌아가게 만든다.

이 인피니티 건틀릿과 카르마만 봐도 그렇다.

무한한 성장이 가능하다.

한 마디로. 그분이라는 자는 계속 성장하라고 말하는 것이다.

"시험 중 하나일지도 모르지요. 신도. 미래는 알지 못하니까요."

그녀가 쓰게 웃었다.

"내가 죽을 때까지. 딱 그때까지면 새로운 계승자가 나타나는 건가."

"…계승자님은 세 개의 무형갑의 조각을 모두 얻는 순간 죽지 않게 됩니다."

"뭐?"

민혁의 고개가 홱 틀어졌다. 어느덧 담배가 필터까지 빨렸다. 마지막 한 모금까지 빤 그가 바닥에 퉁겼다.

"죽지 않는다?"

"영원한 삶을 살게 될 겁니다."

그녀는 활짝 웃으며 말했지만 민혁의 얼굴은 와락 일그러졌다.

"그 말은 내가 지키고자 하는 사람들, 여기 있는 사람들 다 뒈져도 나 혼자 살아있다고?"

그는 손가락으로 땅바닥 쪽을 가리켰다. 자신이 불사신 시켜준다고 해서 좋아할 것 같은가? 아니다.

누군가의 죽음을 평생 반복해서 봐야 한다.

사람은 누구나 죽는다. 그 평범한 것이 때로는 나을 지도 모른다.

그녀는 답하지 않았다. 민혁이 다시 품에서 담배 한 가치를 꺼내 입에 물어 깊게 빨았다.

"정말 좆같은 운명이군. 그분이라는 작자, 뒈지고 싶어서 나한테 떠미는 거 아냐?"

"그럴지도 모르죠."

그녀는 두루뭉술하게 답해줄 뿐이다.

"시간이 얼마 안 남았다."

민혁은 하늘에 뜬 보름달을 바라봤다. 이제 곧 달 하나가 더 나타날 것이다.

"그 안에 투신을 죽여야 합니다."

민혁이 그녀를 돌아봤다. 그가 고개를 끄덕이면서 담배를 깊게 빨고는 허공을 향해 퉁겼다.

"차원을 통틀어 가장 강한 자라…."

차원에서 가장 강한 자. 그를 죽여야 한다. 그는 자신의 손을 내려다봤다. 군데군데 굳은 살이 박힌 투박한 손.

이 손에 너무나 많은 것이 달려 있다.

❖ ❖ ❖

민혁의 차량이 속도를 내면서 부모님이 계신 집으로 달리고 있었다. 그가 담배 연기를 뿜을 때마다 창밖으로 빠져나간 연기는 허공에 빠르게 흩어졌다.

'마계의 감옥에 그가 있을 겁니다. 계승자 님을 보내드릴 수는 있으나 이곳에 돌아오게 해드릴 힘은 없습니다. 투신. 그에게 해답이 있을지도 모릅니다.'

"아무것도 알지 못한다. 그저 까라면 까라."

그분은 구체적인 것을 가르쳐주지 않는다. 그저 시련을 주고 헤쳐나가라고 한다. 가끔씩 다리아나 게티 같은 자들을 통해서 힌트만 툭툭 던져주었다.

"인생 한 번 스펙타클하군."

그는 쓸쓸하게 웃었다. 마계에 가서 최대한 빠른 시일 내에 돌아와야 한다. 자칫 죽거나, 돌아오지 못하면 이곳도 사라질 것이다.

그의 차량의 속도가 올라갔다. 순식간에 올림픽대로를 지나 집 앞에 도착한 그는 옷매무새를 추슬렀다.

어머니를 뵙는 것은 그때 오재원의 사무실 때 이후 처음이었다.

안으로 천천히 걸어 들어갔다.

거대한 단독주택의 문이 벨을 누르고 '저예요.'라는 말을 하자 덜컥 열렸다.

안으로 들어간 민혁은 어색한 미소를 지으며 자신을 반겨주는 어머니와 그녀보다는 더 부드럽게 웃는 아버지를 볼 수 있었다.

"와, 왔니?"

"응."

응이라는 말이 이렇게 어색하긴 처음이었다. 그녀의 손이 미세하게 떨리는 것이 보였지만 외면했다.

두 사람은 자신을 식탁으로 이끌었다.

언제나 그렇듯 삼겹살이 있었고, 함께 올려진 된장찌개가 있었다.

묵묵하게 식사를 했다. 아버지는 술잔을 건네며 술을 권했고 그는 주는 족족 받아 먹었다.

최대한 어색하지 않게, 실수 없이. 강민혁처럼.

부모님도 마찬가지였다. 평소의 그를 대하듯이.

하지만 그것이 말처럼 되는 것은 아닌가 보다.

"민혁이의 기억은 하나도 없는 거니?"

그 물음에 민혁의 젓가락이 멈췄다. 아버지는 헛기침을 크게 하며 그녀를 돌아 보았지만 어머니는 답을 요구하고 있었다.

"네."

"죽은 거구나. 정말."

"그 표현이 맞을 것 같습니다."

"죽었어."

어머니는 애써 웃으려 했지만 눈만큼은 당장 눈물이 떨어질 듯 슬펐다.

"우리 민혁이를 돌려줄 순 없는 거니?"

민혁의 입이 조금 벌어졌다. 그는 젓가락을 내려놨다. 아버지도 다소 놀란 모습이었다.

아무리 숨기려 해도, 아무리 그를 강민혁으로 보려고 해도, 되는 부분과 안 되는 부분은 분명히 존재할 수밖에 없었다.

그를 아들처럼 생각하기는 했다. 그와 함께 있는 동안 '내 아들 같지가 않아.' 라고 부정한 적은 없었으니까.

그도 염인빈의 영혼이었지만 그들과 있으면서 '우리 부모님이' 아니야 라고 생각 한 적은 없다.

그래도 서로가 진실을 알게 되고 그것을 묵언하는 것은

쉬운 일이 아니었다.

"해야 할 일이 많습니다."

그는 달력을 돌아봤다.

4월 17일.

"막아야만 합니다."

"대견하구나. 네가 할 수 있으리라 믿는다."

아버지는 어머니가 더 말을 하기 전에 작게 웃으며 그의
어깨를 두들겼다.

어머니의 표정은 딱 이랬다.

'왜 하필 우리 아들의 몸이어야만 했니?'

민혁은 죄인이 된 것만 같아 물을 축였다.

"당분간 공개 석상에서 모습을 드러내지 않을 겁니다.
집에도 오지 않을 거구요. 다녀와야 할 곳이 있습니다."

"어디를 가는데?"

아버지가 물었다.

"그건 말씀드릴 수 없어요. 단지, 지금으로써는 제 힘으
로 막기 부족한 힘을 채우러 가는 것이라고만 해두겠습니
다."

아버지는 고개를 끄덕였다. 말할 수 없다면 더 이상 묻지
는 않으신다. 이 부분도 달랐다.

평소의 아버지였다면 물으셨을 것이다.

어디를 가고, 위험하진 않은 지.

"조심히 다녀와라."

"네, 먼저 일어날게요. 내일 새벽 일찍 나설 겁니다."

"그래."

민혁이 몸을 일으켰다. 짐을 챙겨오지 않기를 잘했다. 역시나 쉽지 않을 것이라고 생각 했으니까.

방으로 들어온 그는 침대 위에 누웠다. 그는 자신의 가슴을 쓸어내렸다. 자신도 하고 싶다면, 강민혁을 그들에게 돌려주고 싶었다.

할 수만 있다면. 그렇지만 불가능하다는 것을 안다.

"완전히 예전으로 돌아갈 순 없는 거구나."

그는 씁쓸하게 웃었다.

❖ ✢ ❖

새벽 여섯 시가 되어서야 민혁은 밖으로 나왔다. 집을 한 번 돌아본 그는 자신의 차에 올라 시동을 켰다.

그는 몰랐지만 아버지와 어머니는 침실의 창가의 한 편에 서서 그를 보고 있었다.

차가 부드러운 시동 소리를 내었고 곧 출발했다. 서서히 멀어지는 차량을 두 사람은 말없이 바라보기만 했다.

다리아는 활인길드 본부의 민혁의 숙소에서 머물고 있었다. 문을 열고 들어가자 기다렸다는 듯이 반겨주었다.

"가자."

"네."

민혁은 미리 챙겨놨던 배낭을 한 쪽 어깨에 메면서 그녀와 함께 나섰다.

그는 나서기 전 활인길드 본부를 둘러보았다. 스스로 질문한다. 돌아올 수 있을까?

답은 간단하다.

돌아와야 한다. 무조건.

밖으로 나선 그가 다시 차량에 올랐다. 아리아를 옆에 태운 그는 빠르게 달리기 시작했다.

한참을 달리자 청포대 해수욕장이 나왔다. 그녀를 따라서 모래를 밟으며 몇 걸음 걸었다.

"아일가대문 아일가대문."

그녀가 허공을 향해 양팔을 펼치며 중얼거리자 공간이 일그러지며 블랙홀처럼 생긴 입구가 나타났다.

"인피니트 건틀릿. 지금 소유하신 조각이 또 다른 조각을 쫓아서 진동할 겁니다. 그 진동을 쫓아가십시오. 마족들과 마주치면 죽이셔서 그 힘을 보충하십시오. 투신을 죽이러 가는 것이지만, 더욱 강한 힘을 보충할 수 있는 기회가될지도 모릅니다. 단, 군주들의 귀에 들어간다면…."

당연히 어찌 될 지 안다.

호랑이 굴에 제 발로 들어와? 아마 어떤 수단을 써서라도 죽일 것이다.

그렇다고 무서워서 이곳에 있을 순 없다.

진퇴양난의 상황이 딱 지금이었다.

들어가서 투신을 죽여야 한다.

"건투를 빕니다."

"아이들, 잘 부탁해."

정확하게 아이들이 그녀를 따라서 무엇을 하러 가는지는 알지 못한다.

그렇지만 시크릿 에이전트들도 감당하지 못할 악군의 장군들을 그들이 상대할 수 있게 된다.

민혁은 품에서 담배를 꺼내 입에 물고는 빠르게 빨았다. 쉴 새 없이 담배 연기가 폐부로 들어갔다 나왔다 반복되었다.

출렁이는 바다를 향해 담배를 튕긴 민혁이 잠시 내려놨던 배낭을 다시 한 쪽 어깨에 짊어졌다.

그리곤 지체하지 않고 뛰어 들어갔다.

타타탓!

"금방 오마."

그가 블랙홀에 빨려 들어가듯 사라졌다. 다리아가 작게 웃었다.

"해낼 수 있을 겁니다."

❖ ❖ ❖

던전에 들어가 눈을 떴을 때와는 다른 기분이었다. 정말 블랙홀에 빨려 들어가듯한 느낌, 어지러운 놀이기구를 탄 기분도 들었다.

눈을 떴을 때 보인 것은 빙글빙글 회전하는 어둠 뿐이었다. 때문에 눈을 감고 몸을 맡겼다.

눈을 떴을 때 그는 바닥에 쓰러져 있었다. 속이 메스꺼웠다.

"우웨에엑!"

그는 속 안에 있는 것을 모두 게워내었다. 서둘러서 배낭에서 물나무를 꺼내어 입에 가져가 쭉쭉 빨았다.

수분이 보충되자 어느정도 장이 안정을 찾는 듯 싶었다. 그는 천천히 주위를 둘러봤다.

어둡다.

딱 느낀 것은 그것이었다.

두 번째는.

이질적이고 낯설다.

밑의 차원과는 분명히 달랐다. 길게 솟아있는 갈대 하나도 생기라고는 없어 보였다.

세 번째. 무섭다.

사람은 공기를 무의식적으로 마신다. 이곳의 마기는 마족들에게는 공기와 같을 것이다. 인간인 민혁에게는 아니었다.

숨을 들이마실 때마다 이질적이고 더러운 기분이 느껴졌다. 그리고 피부에 닿는 쩌릿쩌릿한 느낌은 전기가 오는 듯했다.

카르마를 끌어올려 온 몸을 덮었다. 그나마 이질적인 기운이 조금 나아졌다.

주위는 어둠에 싸인 아마존 같다고 표현하는 게 맞을 것이다.

나무와 수풀이 우거져 있었고, 어떤 미생물체가 나올지 알 수 없는 아마존 같았다. 모든 것들의 색깔은 동일하다.

검은 색. 마기에 찌든 것처럼 모두 검기 그지없었다.

터벅터벅!

그는 조심스레 한 걸음, 한 걸음 떼기 시작했다. 최대한 신경을 곤두세웠다.

인피니티 건틀릿이 진동하기 시작했다.

인피니티 건틀릿이 그를 당기듯이 홱 좌측으로 끌었다.

"이쪽이군."

투신을 쫓는다. 그리고 그를 죽인다.

그는 정처 없이 걸었다. 그의 시선에 길게 솟은 검은 갈대가 보였다. 손을 뻗으려던 그는 멈칫했다.

"이것들조차도."

그 중얼거림이 끝나는 순간이었다. 갈대의 끝 부분이 민혁을 향해 솟구쳐왔다.

파앗!

민혁이 손으로 잡아채며 뽑아서 양 손으로 잡고는 쭈욱 당겨 끊어버렸다.

팔딱팔딱!

바닥으로 떨어진 갈대가 살아있는 물고기처럼 팔딱 되었다. 발로 지끈지끈 밟아버렸다.

아무것도 만져선 안 될 것 같았다. 들리는 새의 지저귐마저도 조심해야 할 것 같다.

부스럭!

수풀 쪽에서 부스럭거리는 소리가 났다. 민혁의 눈이 날카로워졌다.

적이 움직이기 전에 먼저 움직여야 했다.

파아앗!

그가 빛처럼 사라졌다. 빠르게 몸을 움직인 민혁은 소리조차 없었다. 그는 자신의 앞에 선 키가 작은 검은 피부의 어린아이 같은 이를 내려다보았다.

[어디 갔지?]

음산하지만 분명히 어린아이처럼 변성기가 오지 않은 듯 가녀린 목소리다.

그가 고개를 갸웃하며 몸을 돌리려는 순간이었다. 민혁의 팔이 올라가고 있었다.

몸을 돌렸던 그는 민혁을 발견하고는 자신의 얼굴을 양팔로 감쌌다.

[주, 죽이지 마요!]

그는 비명을 질렀다. 잠깐 민혁이 멈칫했다.

너무나 어린 아이의 형상을 하고 있었으니까.

밑에선 마계에 대해서 세세하게 알려진 것이 아니었다.

그저 마족은 전투를 즐긴다와 뿔을 통해서 강함을 측정할 수 있다 정도다.

잠시 민혁이 팔을 멈췄다.

[사, 살려 주세요….]

흑인보다 더 검은 피부. 이마에 솟아난 엄지손톱만큼 작은 뿔. 뿔을 보면 알란이나 헨더. 그들의 수준에 훨씬 미치지 못했다.

'그러고 보면 군주들은 뿔이 없었지.'

하나 또 다시 생각할 수 있는 것, 군주들은 뿔이 없다.

뿔의 크기로 봐서 절대 지금의 민혁에게 벅찬 상대는 아니다. 손만 휘저어도 죽을 것이다.

'보이는 마족들을 족족 죽여서 힘을 보충한다.'

인피니티 건틀릿으로 이들을 죽임으로써 성장한다. 단, 너무 화려하고 시끄러워서는 안 될 것이다.

그는 머리를 빠르게 굴렸다.

애초에 마족 따위에게 자비를 가지고 있을 만큼 자비로운 사람이 아니었다. 같은 인간이라면 또 모를까.

"배가 고프군."

그는 그렇게 말하며 팔을 젖혔다. 당장 죽일 것처럼. 마족은 요만할 때에 일반 인간들처럼 정신연령이 낮을까?

[제, 제가 먹을 걸 드릴게요! 그, 그러니 살려주세요! 조금만 가면 저희 마을이 있어요.]

"마을?"

[예!]

그는 세차게 고개를 끄덕거렸다. 그 큼지막한 눈을 꿈뻑

거리는 것이 정말 순진한 어린아이 같다.

일반적으로는 정상적인 생각을 할 수 있을 정도가 되면 경계를 하고 마을로 이끌지 않았을 것이니까.

앞의 마족은 인간으로 치면 아홉, 열 살 정도 되어 보인다.

"안내해라. 많이 배가 고프니까."

민혁은 연기를 했다. 배가 고파 아무것도 눈에 들어오지 않는다는 듯 어린 마족은 앞장섰다.

[절 따라오세요!]

그는 그렇게 말하며 이끌었다. 그런 어린 마족의 입이 비틀려 올라갔다.

그리고 그 뒤를 쫓는 민혁의 입도 비틀려 올라가고 있었다.

❖ ❖ ❖

코튼. 그것이 민혁을 이끄는 마족의 이름이었다. 그는 칼렘이라는 이 숲을 지배하는 마족들이 모여 사는 마을의 촌장의 자식이었다.

코튼은 올해로 마흔 세 살이 되었다. 마족은 인간들보다 더 긴 수명을 산다. 육체의 성장은 조금 더 늦게 자란다.

그렇다고 겉으로 어려 보인다고 해서 정신연령이 낮은 것은 아니었다. 코튼은 정신연령만큼은 가장 머리가 잘 돌아 갈 나이였다.

그는 강하지는 않았다. 그렇지만 머리는 조금 똑똑한 편에 속하는 마족이었다. 옆에 서 함께 걷는 이가 인간이라는 사실은 알고 있었다.

그가 들은 인간은 쉽게 표현할 수 있다.

감성적이고 약한 종족들.

마족들에 비해서 새 발의 피도 못 될 정도의 무력을 지닌 자들이 인간이라고 한다.

그마저도, 몇 년 전 그들 사이에서 '각성자'라는 개념이 생기지 않았더라면. 그들은 정말 갓난 마족이 죽일 수 있을 정도로 나약했을 것이다.

그 각성자들조차도 무척 약하다고 들은 코튼이다. 그렇지만 함께 걷는 사내는 자신의 눈보다 빠르게 움직여 뒤에 접근했다.

경계해야 할 필요가 있었다.

'이쪽으로 가면 아나크가 있지.'

겉으로 코튼은 어린아이 같이 순진한 미소로, 해치지 말아주세요! 하고 있었지만 속내는 검었다.

감히 자신을 위협해? 이래 보여도 차기 촌장이 될 몸이었다. 비록 200여 마족 밖에 없는 작은 마을이었지만.

그가 민혁을 이끄는 곳에서는 이 숲의 지배자라고 불리는 아나크가 있었다.

아나크는 매우 강하고 거대한 뱀이다. 길이는 13m에 육박했고, 몸에서는 짙은 독을 뿌려댄다. 그는 한 곳에서

서식하고는 하며 어지간한 일이 없어서는 자신이 있는 곳을 벗어나지 않았다.

아나크는 마족은 먹지 않았다. 다른 마물들을 먹고는 했으며 그 때문에 칼렘 마을의 마족들은 아나크를 숭배했다.

놈은 강하다. 그 거대한 뱀이 곧 이 인간을 형체도 없이 먹어치울 것이다.

[피부가 정말 저희와 다르네요.]

"멀었나?"

민혁이 다시 팔을 올리며 위협했다.

[그, 금방 갑니다. 그런데 어떻게 인간이 여길….]

"마족들은 항상 혓바닥이 길더군."

민혁은 서늘한 시선으로 그를 내려다봤다. 이 어린 아이 같은 마족이 자신을 마을이 아닌 곳에 이끄는 것은 짐작했다.

갈수록 마기가 습해지고 있었고, 땅도 질척해지고 있었다.

아무리 마계와 민혁이 사는 세상이 다르다고는 해도 이렇게 땅이 질퍽해지는 곳에 모여서 살지는 않을 것이다.

민혁은 초록색을 띠는 눈앞의 것들을 보며 미간을 찌푸렸다.

[안개입니다. 마계의 안개는 저렇게 초록색이죠….]

피차 서로에 대해서 모르는 건 마찬가지다. 그는 능청스럽게 거짓을 늘어놨고, 민혁은 고개를 끄덕였다.

우우우웅!

인피니티 건틀릿이 조금 달라졌다. 다리아가 검은 용이 폭발하기 전 그의 등에 손을 가져다 댄 후부터.

어느정도 힘이 개방되었다고 해야 할까. 황금빛을 뿌리며 무어를 치료했던 것도 그랬고, 지금처럼 위험물을 만났을 때 작게 진동하며 적신호를 보내기도 했다. 마치 자아가 생겨서 '위험합니다.' 알리는 것처럼.

그는 배낭에서 작은 플라스틱 통을 꺼내 사탕을 빼 입에 쏘옥 코튼이 모르게 넣었다.

그는 쓰디쓴 그 사탕을 빨았다. 해독사탕이다.

저건 독이다. 민혁의 직감이 알려준다. 덧붙여 그의 지금 몸속 안 카르마는, 어지간한 독이 몸에 들어오면 가뿐히 소멸시켜버린다.

사탕을 먹은 건 혹시나를 대비한 것 뿐이었다.

두 사람이 함께 독을 스쳐 지나갔다. 코튼의 경우는 이 독에 감염되지 않았다. 언급했듯, 아나크는 마족들을 공격하지 않기도 하며, 그가 뿜어내는 강한 맹독이 마족에게 해를 끼치지도 않는다.

마족이 아닌, 다른 마물은 어마어마한 강한 놈들도 단숨에 독에 중독시켜버린다고 들었다.

민혁이 스윽 스쳐 지나가자 코튼은 속으로 웃었다.

'이제 곧 식도가 타 들어가기 시작하면서 온 몸이 녹아 내리겠지. 흐흐. 아버지께 인간을 사냥했다고 자랑해야겠어.'

민혁은 호흡기를 타고 넘어오는 이질적인 느낌에 잠시 숨을 삼켰다. 최루탄을 삼킨 것 같은 느낌이라고 해야 할까.

그는 호흡을 편안하게 쉬면서 몸속 안으로 스며들어온 독들을 모두 카르마로 태워버렸다.

그는 아무런 일도 없다는 듯이 터벅터벅 앞으로 걸어나 갔다.

그가 계속 걸어갈수록 코튼의 얼굴은 일그러져만 가고 있었다.

"앞장서라니까."

민혁의 미간이 찌푸려졌다. 코튼은 이해할 수 없었지만 흠칫 놀라며 그의 옆에 바싹 붙었다.

"커억."

민혁이 목을 움켜잡았다. 코튼의 눈이 미묘해졌다. 역시 그러면 그렇지.

하지만 민혁은 전혀 다른 행동을 취했다.

"여긴 공기가 습해서 가래가 끼는군."

그는 가래를 힘껏 모아 바닥에 뱉었다. 코튼으로서는 자지러지는 행동이었다.

분명히 아나크의 몸에서 뿜어져 나오는 맹독이었다. 그 맹독을 마시고도 인간은 태연했다.

'설마 우리 마족들처럼 인간들도 아나크의 독에 영향을 받지 않는 건가?'

생각은 그렇게 미쳤다. 완전히 독을 소멸시켰다는 생각보다는 그쪽이 더 현실성이 있어 보였다.

'이제 곧 아나크가 나온다. 흐….'

그는 짙은 웃음을 머금었다. 아나크의 영역으로 들어왔다. 독을 지나친 시점부터.

지금 바로 그들의 주위로도 짙은 안개 같은 독이 흩뿌려져 있었다.

후우우웁!

하아아아!

숨소리가 들렸다. 크기만큼이나 아나크의 숨소리도 컸다.

"저건 뭐야?"

민혁이 눈을 가늘게 떴다. 뿌옇게 안개처럼 뜬 독 사이로 거대한 검은 뱀 한 마리가 몸을 웅크리고 있었다.

'네놈은 이제 뒈질 것이다. 미개한 인간. 흐….'

코튼은 보이지 않게 웃었고, 민혁은 품속에서 담배 한 가치를 꺼내 입에 물었다.

손으로 담뱃불을 가리고 불을 붙여 깊게 빨았다.

"후우."

길게 뿜어낸 그가 한 발자국 더 내딛는 순간이었다. 질척한 땅은 그를 끌어들이듯이 빨아들이기 시작했다.

"뭐야, 이건 또."

소멸의 늪이었다. 아나크의 영역의 일정부분에 들어가면 끝도 없이 빨려 들어가게 된다.

그와 함께 아나크의 누런 눈이 떠졌다. 눈은 두 개가 아니었다. 몸 전체에 수 백여 개는 될 것 같은 눈이 번쩍번쩍 떠지기 시작했다.

그와 함께 초록색으로 뜬 독이 더욱 짙어졌다.

[키야약!]

갈라진 혓바닥을 낼름거리는 아나크가 움직이기 시작했다. 코튼의 입가로 비릿한 미소가 짙어져만 갔다.

"끈적이는 건 별로인데."

민혁은 어느덧 발목까지 빠져있자 미간을 찌푸렸다. 그 순간, 아나크가 거대한 입을 벌리면서 그를 향해 쇄도해오기 시작했다.

[캬아아악!]

입에서도 초록 독이 흠뻑 뿜어진다. 코튼이 예상하기로는 발이 속박된 인간이 한입에 꿀떡 그의 배속으로 들어가 삽시간에 녹아내려 소화될 것이라고 여겼다.

허나.

그가 여유롭게 담배를 길게 빨고는 번쩍 점프했다.

말 그대로 뛰어올랐다.

코튼의 시선이 날아오르는 민혁을 쫓아 고개가 올라갔다.

'뛰었네?'

라고 생각했다. 맨 바닥에서 뛰듯이 그는 자연스럽게 뛰었으니까.

뒤늦게 코튼의 눈이 휘둥그레 커졌다.

소멸의 늪을 너무 쉽게 빠져나왔다?

놀람은 끝이 아니었다.

파아앗!

그의 손에서 뻗어 나간 보이지 않는 무형검이 그를 집어 삼키기 위해 몸을 쭈욱 편 아나크의 얼굴부터 시작해서 몸통까지 세로로 베어버렸다.

촤아아앗!

아나크의 몸이 가뿐하게 양단되면서 바닥으로 초록 빛을 흩뿌리며 쓰러졌다.

민혁은 마지막 남은 담배의 한 모금을 뿜었다.

"마을가는 길에 이런 마물이 있단 말은 안 해줬잖아. 혹시라도 나와 함께이지 않았다면 어쩔 뻔 했어?"

[따, 딸꾹!]

코튼이 너무 놀라 딸꾹질을 크게 했다. 그는 입을 막았다. 그래도 계속 딸국질이 튀어나왔다.

민혁의 목적은 그의 마을을 쓸어버리는 것.

여기서 코튼을 죽이면 아쉽다.

정체 모를 거대 뱀에게서 흘러나온 마기를 흡수한 민혁은 만족스러운 표정이었다.

어지간한 SSS-급 괴수를 죽인 것 같은 양이 흘러들어왔다.

"가자고."

[아… 아! 저, 정말 길을 잘못 들었어요. 이 반대로 가야 하는데….]

코튼은 고개를 힘차게 저었다. 만약 이대로 갔다가 아무 것도 나오지 않으면 자신을 죽일 지도 몰랐다.

정말로 마을로 데려갈 생각이었다. 아나크를 죽인 것은 큰 충격이었다. 그렇지만 마을로 데려가면 이야기는 달라질 것이다.

마을에는 카르만이 있었다. 카르만은 칼렘 마을의 역사상 가장 강한 전사다.

그는 악군의 군사 중 한 명으로써 수백의 악군 중에서도 30위 안에 꼽히는 강자이며 잠시 휴식을 취하기 위해 마을로 돌아왔다.

말로는 곧 있을 인간세상 침략을 대비하여 쉰다는 말을 했다.

그라면 충분히 이 앞의 인간을 죽일 수 있을 것이었다. 거기에 마을에는 카르만 뿐만이 아니라 수많은 강한 전사들이 있지 않던가?

"똑바로 안내 안 해?"

민혁이 다시 팔을 들어 올려 보였다.

[죄, 죄송합니다.]

여전히 검은 속내를 숨긴 채 그는 고개를 푹 숙이고 불쌍한 표정을 지었다. 참으로 악독하고 잔꾀를 굴려대는 마족 코튼이었다.

이번에는 코튼이 제대로 된 길 안내를 했다. 마족의 마을
은 집까지도 검은색을 띠고 있었다. 하긴, 마계의 나무로
만든 듯 보이는 집들이었으니 당연할지도 몰랐다.

곳곳에서는 음식이 구워지는 냄새가 풍겼는데, 민혁에게
는 역겨운 냄새였다.

마물들이 타는 냄새였으니까. 코튼이 인간과 함께 마을
의 입구에 오자 막 마을 밖으로 나오던 마족 하나가 눈을
크게 뜨며 경계했다.

그는 뿔이 코튼보다 세 배는 컸다.

이번에 시크릿 에이전트들이 상대한 급 정도 되어 보였
다.

코튼은 서둘러서 그의 앞으로 다가가 귀를 당겼다.

[어서 카르만을 불러와. 이 인간, 강하다고.]

[어떻게 인간이 여기 있습니까…?]

[묻지도 따지지도 말고 어서! 다른 전사들도 전부 데려오
라고!]

[예, 예!]

마족이 허겁지겁 안쪽으로 뛰어갔다.

"뭐라고 말한 거야?"

[아주 중요한 손님이 왔으니 축제를 벌이기 위해서 준비
하라고 했지요. 제가 이래 보여도 한 능력 하거든요.]

그는 어깨를 으쓱거렸다.

코튼은 그나마 이 인간이 멍청해서 다행이라고 여겼다. 지금도 수긍한 것처럼 고개를 끄덕이면서 정체 모를 잎에 말린 무언가를 입에 물고는 연기를 뻐끔대며 그의 옆을 따라오고 있었다.

마을이 소란스러워지기 시작했다.

무장한 마족들이 하나둘 모습을 드러내기 시작했다. 그들에게서 풀풀 강한 마기가 풍겨져 나왔다.

이 숫자의 마족들이라면 13인의 퍼스트 클래스와 시크릿 에이전트가 있어도 맥도 못 추고 밀릴 것이다.

하지만 민혁이 봤을 때는 그리 위협적이지 않았다. 그는 이제까지 많은 차크라를 흡수했고 더욱 강해져 있었으니까.

[카르만!]

눈이 가장 날카롭고 마족 따위가 잘 생겼다고 생각 될 차가운 인상의 사내가 나타났다.

그는 붉은 검을 차고 있었는데, 허리춤의 검에 악마의 형상이 새겨져 있는 것이 인상적이었다.

[코튼, 저 인간은….]

[조심하라고. 아나크를 죽인 인간이야.]

[아나크를?]

인간이 이곳에 있는 것도 놀라웠지만 아나크를 죽였다는 것 역시도 놀라웠다. 하지만 그뿐이었다.

아나크는 강한 마물이지만 카르만에게는 그저 이 마을에서 숭배하는 존재였고 그다지 위협적이다라고 생각되지는 않았던 놈이니까.

민혁은 여전히 담배를 뻐끔거리며 주위를 둘러보고 있었다.

계속해서 숫자가 늘어가고 있었다. 여인들도 자신들의 무기를 쥐고 있었다.

하긴 남녀노소, 나이 따질 것 없이 마족들은 전투를 즐긴다.

'지들이 싸이언인도 아니고.'

민혁은 작은 실소를 토했다.

카르만이 앞으로 나섰다. 그가 검을 뻗어 그를 가리켰다.

[인간이 어떻게 들어왔는지는 모르지만 재밌어.]

그는 실소를 흘렸다. 코튼의 입가에 진득한 미소가 맺어졌다.

[넌 이제 뒈졌어!]

코튼의 행동이 180도 변했다.

그는 상상했다. 사색이 되어 깜짝 놀랄 그의 얼굴을. 하지만 정반대였다.

마지막 한 모금을 빤 민혁이 허공에 담배를 퉁겼다. 담뱃불이 분리되면서 타악 날아갔다.

"안내해줘서 고맙군. 이제 다 죽여주도록 하지."

그 말에 카르만의 미간이 꿈틀거렸고, 코튼의 눈은 경악으로 물들었다.

모든 것이 이곳으로 오기 위한 민혁의 계략이었음을 코튼은 안 것이다.

[자, 잠깐 카르….]

코튼은 뭔가 잘못되었다 여겼다. 그렇지만 이미 카르만은 민혁을 향해 몸을 날리고 있었다.

앞장 선 마족은 분명히 빨랐다. 알란이나 헨더보다도 더더욱. 그렇지만 지금의 민혁은 염인빈일 때의 무력 이상의 힘을 발휘할 수 있었다.

그리고 알란이나 헨더는 그의 털끝 하나 건드리지 못하고 비명을 지르지 않았던가.

카르만의 손이 빠르게 움직였다. 하지만 더 빠른 건 민혁이었다. 그의 공격을 가뿐히 피해낸 민혁은 어느덧 등 뒤에 서 있었다.

스르르

카르만의 목이 투욱 바닥에 떨어졌다. 목에서 검은 피가 솟구치며 몸이 바닥으로 힘없이 추락했다.

[이, 이럴 수….]

바닥에 떨어진 머리. 카르만의 눈이 크게 떠졌다. 그 말을 채 끝내지도 못한 채 그의 머리는 민혁의 발에 밟혀 터져나갔다.!

콰직

망설임도 없이.

민혁은 오른쪽 손을 머리에 넘겨 왼쪽 옆통수를 당겼다. 뻐근한 목에서 우두둑 풀리는 소리가 났다.

"고맙다. 코튼. 네 덕분에 좋은 사냥감들을 찾았어."

[네, 네놈…!]

코튼은 완전히 자신이 당했음을 알 수 있었다. 마족들의 눈은 경악 그 자체였다.

칼렘 마을 역사상 가장 강한 전사이자 악군에서도 꼽히는 강자인 카르만이 단 한 수에 목이 날아가고 머리가 터져 나갔다.

카르만에게서 빠져나온 카르마를 흡수한 민혁은 흡족한 듯 입 한 쪽을 올려 웃었다.

굳이 카르마를 사용해 사냥할 필요도 없었다.

어지간한 강적이 아닌 이상, 민혁은 축적된 차크라를 사용하지는 않을 것이었다.

뚜벅!

그가 한 걸음 내딛은 순간이었다. 마족들의 시야에서 민혁의 모습이 사라졌다.

타앗!

바람처럼 그는 움직였다. 그가 움직일 때마다 목이 떨어지고, 검은 피가 솟구쳤다.

재생하려고 하면 지체없이 터뜨려버렸다. 코튼은 사색이 된 채 부르르 몸을 떨면서 마을의 마족들이 절명하는 것을 봐야만 했다.

이곳에 모여있던 마족의 숫자는 육십 정도였다. 육십의 마족들이 너무나도 허무하게 바닥으로 쓰러지고 있었다.

그리고 눈 깜짝할 사이 민혁은 마을을 휘젓고 있었다. 갓 태어난 마족, 나이가 든 마족, 임신을 한 마족 가리지 않고 모조리 죽였다.

민혁은 '어린아이니까, 노인이니까.' 이런 쓸데없는 동정심을 가질만한 사람은 아니다.

이곳까지 와서 임산부 존중, 노인 공경 따위 하고 싶지도 않았고.

그가 발을 움직일 때마다 검은 집이 무너져 내리면서 그 안의 마족들이 싸그리 죽어나가고 있었다.

어느덧, 촌장의 집까지 들어간 그는 검은 턱수염이 길게 자라난 그마저도 가뿐히 베어버렸다.

그는 바람처럼 마을 곳곳을 휘젓고 있었다.

코튼은 아까의 그 자리에 서서 몸만 덜덜 떨면서 주위를 둘러보았다.

아비규환.

마을의 마족들이 눈 깜짝 한 번 하는 사이에 몇 씩이나 죽어 나가고 있었다. 그리고 어느덧, 검은 피를 흠뻑 뒤집어 쓴 민혁은 코튼의 앞에 서서 담배 한 가치를 입에 물고 있었다.

"후우우우."

연기를 허공에 뿌린 민혁은 몸을 떠는 코튼을 가라앉은 눈으로 보았다.

"약육강식(弱肉强食)이란 말이 있다. 약한 자는 강한 자에게 먹히게 된다는 뜻인데, 가장 이 말이 어울리는 건 마족, 너희들이지."

인간들의 세상보다 약육강식이란 단어가 더 절묘한 건 마계가 맞을 것이다. 그들은 자신과 싸운 약한 자를 죽일 테니까.

"너무 원망하지 마라. 어차피 서로가 꾐을 내던 때였으니까."

민혁은 자신의 머리를 톡톡 두들겼다.

코튼이 민혁을 향해 빠르게 접근했다. 예상 외로 빠른 몸놀림.

역시 마족은 마족이구나 싶었다.

하지만 곧 코튼의 머리는 스르르 바닥으로 떨어져 내리고 있었다.

"가장 가까운 마을이 또 어디에 있지?"

머리와 몸이 분리 된 코튼은 대답하지 않았다. 그저 분노한 표정으로 올려볼 뿐.

"알았다."

민혁은 지체하지 않고 코튼의 머리를 콰직 밟았다. 잔꾀를 부리던 놈이 역으로 민혁에게 당했다.

그는 마지막 한 모금을 빨고는 바닥에 투욱 버려버렸다.

그리곤 다시 촌장의 집을 향해 들어갔다. 집 내부는 아프리카 원주민들이 사는 곳과 비슷했다.

주위의 집은 나무나, 수풀, 흙 등을 이용해 만들어져 있었고, 찬 바람 정도는 막아줄 것 같았다.

민혁이 굳이 촌장의 집에 다시 돌아온 이유는 간단했다.

특이한 검은 보석 하나를 발견했기 때문이었다.

그는 부드러운 천 위에 덩그러니 올려져 있는 그 검은 보석을 엄지와 검지를 이용해서 집었다.

크기는 매우 작았다.

매직스톤 같은 물건으로 추정되었다. 마계의 물건이기는 하였지만 꼭 인간에게 해악하다고 생각할 수는 없었다.

어쩌면 이 물건을 통해서 좋은 능력을 하나 건질지도 모른다.

그는 그 구슬을 천에 잘 돌돌 말아 배낭에 집어넣었다.

그리고는 지체 없이 밖으로 나섰다.

칼렘 마을에는 수백의 마족의 시체와 아까 전 민혁이 버렸던 꽁초의 연기가 흐릿해지며 남아 있을 뿐이었다.

❖　❖　❖

푸쉬이이익!

마족 하나를 더 베어 넘긴 민혁은 주위를 둘러봤다. 이번에도 마을 하나를 몰살시켰다.

며칠 사이에 그가 몰살시킨 마을의 숫자만 해도 네 개는 될 정도였다.

벌써 천 이상의 마족이 그의 손에 죽었다. 그만큼 많은 양의 차크라를 흡수할 수 있었고 그것은 곧 그의 카르마가 되어서 힘이 되어 축적되었다.

지이이잉!

인피니티 건틀릿이 그를 계속 이끌었다. 인피니티 건틀릿이 시키는대로 쫓아가기 시작하자 어느덧 그의 시야로 검게 솟아 있는 탑이 보였다.

저 탑 안에 무엇이 있을지는 모르지만 피해야 할 것으로 생각했다.

어쩌면 여덟의 군주들이 저곳에 몰려 있을지도 몰랐고, 마신이 있을지도 모른다.

인피니티 건틀릿은 탑의 인근 쪽으로 그를 이끌기는 했지만 다행이도 조금 벗어난 지점으로 추정되었다.

걸어갈수록 숲을 벗어나기 시작했다.

그리고 마차를 끄는 마족들이 자주 보이기 시작 했으며, 인간들이 타는 말처럼, 개의 형상의 머리를 하고 몸은 말의 형태인, 크기는 말보다 1.5배는 큰 마물을 탄 마족들과도 마주쳤다.

그들은 주위를 수색하는 자들 같았는데, 그들도 보일 때마다 족족 죽였다.

갈수록 마족들의 숫자가 늘어만 갔고, 복장도 달라지고 있었다.

그는 짐작할 수 있었다. 마을이 아닌, 집중적으로 마족들이 모여 있는 영토와 근접하고 있었다.

여덟의 군주.

군주는 무엇인가. 대부분 군주란 영지를 다스리는 자들을 통칭할 수 있었다.

여덟 개의 영지가 있을 것이고. 그 여덟 개의 영지 중 한 곳의 감옥에 투신이 속박되어 있을 것이다.

일단은 최대한 피해서 인피니티 건틀릿의 끌림대로 쫓기로 했다.

❖ ❖ ❖

예상하기는 했지만 역시나다. 민혁은 지금 거대하게 지어진 성을 먼 곳에서 보고 있었다. 성의 주위로는 마족들이 생활하고 있었다.

마을보다 그 규모가 훨씬 크다. 적어도 수만은 될 법한 마족이 살 것으로 추정이 된다.

마을을 휩쓸면서 느낀 것은 마족이라고 전부 강한 것은 아니라는 것.

알란이나 헨더 같은 자들은 특별히 훈련을 받았고 또 강한 마족 중 차출 된 것 같았다.

일반적인 삶을 사는 평범한 마족들은 각성자로 따지면 C+급에서 B-급으로 추정된다.

물론 이마저도 일반 인간에 비해서는 월등히 강한 편이

기는 했지만.

이 영토 안에서 사는 마족들과 그 외에 훈련된 마족들까지. 자칫 상대해야 할 수도 있다.

민혁의 피부는 그들과 다르게 황토색을 띠었고, 뿔도 없었으니까. 그마저도 이목을 끌 것이다.

그리고 마족들을 죽이면서 얻어낸 것 중 들은 이야기도 있었다. 악군의 군사들이 얼마 후 인간 세상을 서열 3위의 군주 발록과 함께 습격한다.

혹시 그것을 알고 미리 치려고 인간들이 오고 있는 것이냐. 라고 뚱딴지 같은 소리를 해댄 마족이 있었기 때문이다.

마족들도 분명히 겁이 있는 자들이 있었고, 그들을 몇 대 후려 패면 술술 불고는 했다.

그들을 통해서 많은 정보를 캐냈고, 그 후에는 죽였다.

얼추 들은 이야기로는 성의 지하에 감옥이 있다고 하였다. 그리고 인피니티 건틀릿도 성 쪽으로 자신을 안내하고 있었다.

그렇다면 이 영토에 발을 들여야 한다는 것인데, 평범한 방법으로는 절대적으로 불가능하다고 할 수 있었다.

이대로 들어가는 순간, 모든 이목이 집중될 것이다.

방법은 두 가지로 축소될 수 있었다.

첫 번째. 일단은 들어간다. 그 순간부터 모조리 죽이면서 성을 향해 빠르게 투신이 있는 곳으로 달려 그를 죽인다.

첫 번째는 무모한 방법이다. 그렇지만 강민혁이 좋아하는 방법이기도 했다. 일단은 뚫고 본다.

하지만 문제는 이 영토에 군주 중 하나가 있다면 귀에 들어가게 된다는 것. 군주가 어떤 놈을 데려올지 알 수 없었다. 자칫, 군주 여럿이 덤벼들면 민혁도 당해낼 재간이 없다.

두 번째. 마족으로 위장하는 것.

썩 내키지 않는 방법이었고, 가능할지도 모르겠다. 일단은 혹시나를 대비해서 도플갱어 액기스를 배낭에 잔뜩 넣어서 오기는 했다.

분명히 피부색이 다르다는 것, 모습이 다르다는 것은 이곳에서 피해야 할 것이었으니까.

마족의 형상까지 완벽하게 이 도플갱어 액기스가 만들어 주는지는 또 모르겠다.

"어떻게 할까."

마음 같아서는 첫 번째 선택을 하고 싶었다. 그렇지만 두 번째가 더 나았다.

물론 두 번째도 들킬 확률이 매우 크다. 그렇지만 첫 번째보다는 더 숨길 수 있다는 것.

담배 한 대를 태울 동안 고민했던 그는 생각을 마치고 비벼 껐다.

후자로 간다.

계속해서 순찰을 나오는 마족들이 있다. 민혁은 일부러

죽인 마족들은 형체도 없이 날려버리고는 했다.

찾지도 못하게.

순찰을 나오는 마족들을 족쳐서 그들의 모습으로 형상하여 안으로 들어간다.

때마침 민혁의 눈으로 그 스스로 '개말.'이라고 자칭한 이동수단을 탄 마족들이 이쪽으로 향하고 있었다.

숫자는 아홉. 중앙에 선 마족은 다른 마족들과는 다르게 멋들어지는 검은 갑옷을 착용하고 있었다.

한 눈에 보기에도 저 놈이 우두머리구나 알 수 있었다.

민혁이 발을 박차는 순간이었다.

스르르륵!

개말의 위에 타고 있던 마족의 몸이 양단되며 바닥으로 떨어졌다. 그와 함께 개말도 베어버렸다.

소리가 없었기에 개말을 탄 그들은 여전히 알지 못했다. 민혁이 빠르게 움직이며 그들의 수를 줄여나갔고 어느순간, 그들이 알아 챘을 때는 이미 마지막 개말이 바닥으로 쓰러지고 있었다.

그와 함께 위에 탄 이들 중 직급이 가장 높아 보이는 마족이 바닥에 털썩 쓰러졌다가 벌떡 몸을 일으켰다.

[어떤…!]

그가 검은 마검을 뽑으려던 순간이었다. 이미 그의 안면에는 민혁의 주먹이 강하게 꽂혀 있었다.

콰지익!

안면을 맞은 그는 뒤로 5m는 부웅 날아갔다. 그를 빠르게 뒤쫓은 민혁이 몸과 머리를 분리 시킨 후, 머리를 한 손으로 움켜 잡고, 다른 손으로는 그의 몸을 질질 끌고는 수풀로 들어갔다.

수풀로 들어와 몸을 한 쪽에 던져 버린 후에 팔과 다리를 모조리 잘라버렸다. 그리고는 나무줄기를 끊어서 꽁꽁 나무의 곳곳에 묶어버렸다.

뭉겨졌던 안면이 어느덧 빠른 속도로 재생되고 있었다.

터졌던 눈알이 다시 복원된 그는 흐릿한 시야가 또렷해지는 것을 느낄 수 있었는데, 막 시야가 돌아왔을 때 피부가 누런 사내가 입에 물고 있는 정체 모를 하얀 잎을 만 것을 빨아대더니, 자신의 얼굴로 하얀 연기를 뿜고 있었다.

"쿨럭쿨럭!"

그 연기는 무척 매웠다, 눈도 코도. 절로 기침이 나올 수밖에 없었다.

[인간…?]

그 질문에 민혁은 고개만 끄덕여 답했다. 마족은 믿을 수 없었다. 인간이라는 종족은 한없이 나약하다고 들었다.

그런데 앞의 사내는 보이지 않을 만큼 빨랐으며 강했다. 그리고 그 힘은 어찌나 쎈지 주먹 한 번에 자신의 안면이 뭉개지며 멀리 날아가지 않았는가.

"질문한다."

민혁의 입이 열렸다.

"살 것인가, 죽을 것인가."

그 질문에 고든 영지의 4분대 수색대장 레인의 미간이 찌푸려졌다.

민혁은 답하지 않자 손을 들어 올렸다. 정말 미련은 없었다. 어차피 또 다시 나오는 놈을 잡아서 족치면 그만이었으니까.

[사, 살고 싶다….]

마족도 살고자 하는 욕심은 분명히 있었고 이처럼 비굴한 이들도 있기 마련이다. 그들도 분명한 하나의 생명체였으니까.

민혁의 손이 멈췄다.

그는 담배를 그의 입술에 비볐다.

치이익!

[끄흐윽!]

민혁은 얕은 신음을 흘리는 그를 내려다보면서 자신의 입술을 두들겼다.

"네 입이 움직이는 것에 따라 살지, 죽을지가 결정될 것이다. 알았으면 눈 끔뻑여."

레인의 눈이 세차게 끔뻑여졌다. 만족스러운 미소를 지은 민혁은 수많은 질문을 던지기 시작했다.

레인을 향해서 가끔 손을 들어 올려 보였다. 그럴 때마다 얼굴만 덩그러니 남은 이 불쌍한 마족은 기겁을 하면서 외쳤다.

[사실입니다!]

정말 비굴하기 짝이 없는 놈이었다. 그의 안색만 봐도 거짓을 말하는 것 같지는 않았다. 그저, 한 번씩 위협하듯 팔을 들어 올릴 뿐이었다.

"지하는 어떻게 들어가지?"

[문지기가 열어줄 겁니다.]

"투신은 어디 있나?"

[투신…?]

민혁이 다시 팔을 들어 올렸다. 그 기다란 혀를 쭉 뻗으면서 놈은 고래고래 살려달라고 소리치기 시작했다.

민혁이 그 혀를 쭈욱 당겼다.

"정말 몰라?"

그는 눈만 빠르게 끔뻑였다. 이 역시 거짓 같진 않았다.

'감옥에 들어가면 찾을 수 있겠지.'

어차피 인피니티 건틀릿이 투신에게 안내하고 있었으니까, 크게 상관 없었다. 얻을 것은 모두 얻었다.

어떻게 행동해야 수상하지 않을지도 물었다. 레인은 안도의 한숨을 내쉬었다. 민혁은 터벅터벅 걸어갔다.

그가 줄기로 묶어놓은 팔과 다리, 몸통을 한 곳에 모았다. 자신에게 붙여줄 것이라고 레인은 생각했다.

하지만 곧 민혁의 팔이 울룩불룩 해지더니, 퍼엉! 소리를 내면서 큰 힘이 뻗어 나가 그의 몸을 흔적도 없이 소멸시켰다.

그리고 민혁은 레인을 향해 터벅터벅 걸어왔다.

[이이익…! 나, 날 속이다니…!]

민혁은 품속에서 도플갱어 액기스를 꺼내 입에 털어 넣었다.

이마에서 뿔이 솟아났다. 온 몸이 불룩거리면서 근육이 커지며 레인의 몸처럼 맞춰지고 있었다. 황토색 피부가 검게 물들었고, 흰자가 누렇게 변했다.

눈동자는 뱀의 것처럼 좁혀졌다.

그는 바닥에 널부러진 레인의 갑옷까지 주섬주섬 모두 입었다.

누가봐도 레인의 모습이었다. 그는 만족한 듯 고개를 끄덕거렸다.

"미안하군. 삶이라는 게 원래 속고 속이는 거잖아?"

민혁의 발이 천천히 올라가는 게 보였다. 바닥에서 그 모습을 보고 있었기 때문에 레인으로써는 더 무서워보일 수밖에 없었다.

[끄라아악!]

푸지익!

레인의 머리가 처참하게 부서졌다. 참 불쌍하게 모든 걸 뱉고 살 수 있을거란 희망을 가졌다가 죽은 마족이다.

민혁은 개의치 않고 고든 영지의 입구를 향해서 걸어가기 시작했다.

영지의 입구 앞에는 두 마족이 지키고 있었다. 그들은 잡담이나 나누면서 히히덕 거리고 있었는데, 앞에서 걸어오는 익숙한 얼굴의 그에게 경례를 취해 보였다.

[왜 벌써 돌아오십니까?]

한 마족이 의문을 표했다. 개말도 타지 않고 온 것이 의문이었다.

"봐야 할 일이 있어서. 다른 이들도 금방 복귀할 거야."

마족은 고개를 갸웃해 보였다. 그렇다고 해서 민혁이 스쳐 지나가려는데 잡지 못했다. 딱 보기에도 레인이라는 마족보다 급이 낮은 이였는데, 부하인 그가 그를 붙잡을 순 없었다.

더군다나 겉모습은 완전히 판박이였으니까.

영지의 안으로 들어온 민혁은 숨이 턱 막히는 기분이었다.

마족 하나, 둘 셋, 넷.

어마어마한 숫자의 마족들이 걸어 다니고 있었다. 마을이라고 불리는 곳보다도 훨씬 더 체계적인 모습이었으며 강한 마족들도 꽤나 되어 보였다.

민혁은 아쉬운 입맛을 다시었다.

군주들의 귀에만 들어가지 않는다고 생각하면 이 마족들을 전부 죽여서 자신의 힘으로 축적하고 싶은 기분이었다.

그는 계속해서 성을 향해서 걸었다. 그의 걸음은 빨랐다.

이대로 레인과 친한 마족만 마주치지 않으면 일이 수월해질지도 몰랐다.

하지만 일은 생각처럼 풀리지만은 않았다.

[순찰 간다고 하지 않았어요?]

한 어린 마족 소녀의 손을 잡고 있는 여인이 다가왔다. 민혁의 머리가 빠르게 굴러갔다.

아내다. 레인이라는 마족의 아내가 분명하다.

"잠깐 일이 있어서 들어왔지."

[응?]

그녀가 고개를 갸웃했다. 민혁의 미간이 찌푸려졌다.

'마족들끼리 존대질이야? 설마?'

"요."

마지막에 요자를 붙이자 그녀가 고개를 끄덕였다.

[아빠아.]

뿔이 조그마하게 솟은 검은 피부의 마족 소녀가 쪼르르 다가와 손을 잡았다. 이런 모습만 보면 인간과 크게 다르지는 않았다.

그렇지만 민혁으로써는 조금 이질적인 느낌이 났다.

"바빠서 그런데 이만 가볼게. 집에서 봐."

여인의 눈이 묘해졌다. 민혁이 몸을 돌리자 그녀는 의아한 표정으로 그가 간 곳을 바라보고 있었다.

항상 딸 아이를 보면 이마에 입을 맞춰주고 몸을 돌리던 그였기 때문이다.

하지만 이상하다고 여겼을 뿐, 그녀도 크게 개의치는 않았다. 그저 깜빡했다고 여기는 것이다.

다행이도 수월하게 넘어간 민혁은 더욱더 걸음을 빨리하기 시작했다. 어느덧 성과 근접해지고 있었다.

그러던 중 레인처럼 검은 갑옷을 착용한 마족 하나가 그를 지나치다가 그의 어깨를 툭 쳤다.

[경례를 안 해?]

그 말에 민혁은 입구에서 마족 둘이 했던 경례를 따라서 해보였다.

[빠졌구만. 레인. 수색대 대장 자리 하나 찼다고 말이야. 응?]

"아닙니다."

민혁은 왜 자신이 여기에서까지 부하 노릇을 해야 하나 싶었다. 마음 같아서는 단숨에 이 앞의 마족의 목을 치고 싶었다.

[응? 그러고 보니 지금 수색 시간 아니던가? 요즘 영지에 마물의 부산물들을 가져다주던 마을 사람들이 안 보여서 그곳에 다녀와 본다며?]

"다녀오고 이제 막 복귀하던 참입니다."

마족의 얼굴이 또 다시 일그러졌다.

[그럼 단원들은?]

마족의 수색대는 수색을 끝내면 항상 다 같이 와서 복귀하고는 했다. 오늘따라 뭔가 이상한 레인의 낌새에 그는 미간을 찌푸렸다.

하지만 레인의 모습 그대로였기에 별 다른 의문점은 품을 수 없었다. 단지, 건방지다고 생각했을 뿐.

[설마 먼저 돌려 보낸 거야? 레인.]

사내의 눈이 서늘해졌다. 그는 손가락을 까딱거리더니 몸을 돌려서 성 쪽으로 걸어갔다.

'흠.'

민혁은 턱을 어루만졌다. 아마 자신을 한 바탕 갈구려는 모양이었다. 자신에게는 환영이었다. 성안에 어떻게 들어가야 하나 고민하고 있었기 때문이다.

마족 사내가 앞에 서자 거대한 문이 쿠쿠쿠 소리를 내면서 양 옆으로 열렸다.

민혁이 그를 따라서 성 내부로 들어갔다.

사내는 자신의 집무실로 자신을 이끌더니 문을 열고 들어와 자신의 자리에 앉았다. 그리고 민혁은 앞에 세워놨다.

[내 누누이 말하지 않았어? 부하들 챙기는 건 좋지만 그렇게 했다가는 군기가 빠진다고. 이 멍청한 새끼야.]

민혁은 턱을 어루만졌다.

상관이 좆같은 건 여기서도 마찬가지였다. 품속에 들어 있는 인피니티 건틀릿이 또 다시 진동했다.

밑을 향해서.

[그딴 식으로 물러 빠졌으니까. 단원들이 기어오르기나 하지.]

"주의하겠습니다."

마족은 그를 보며 혀를 쯔쯔 찼다. 그러면서 물었다.

[마을의 마족들은?]

"모두 무사합니다."

[당연히 무사하지, 그럼. 그 말이 아니잖아. 너 이렇게 계속 말귀 못 알아들어 먹을 거야? 왜 부산물을 안 가져오냐 이거잖아. 지금.]

민혁의 미간이 찌푸려졌다.

이대로 가다가는 분명히 이상한 게 잡힐 것이다.

어차피 지하로 내려가서 일을 치르는데 한 시간, 두 시간 이 걸리지도 않을 것이고, 투신과 싸운다면 격렬한 진동 때 문에 자신의 정체는 들통나게 되어 있다.

"그걸 내가 어떻게 알아, 이 병신 마족 새끼야."

민혁이 미간을 찌푸리면서 뱉어낸 말에 마족의 눈이 휘 둥그레 커졌다. 그가 허리춤의 검을 뽑아들었다.

[이 새끼가 간댕이가…]

"쳐 나왔지."

우두둑!

빠르게 움직인 민혁이 놈의 목을 비틀었다. 비틀어진 몸은 다시 빠르게 펴질 것이다. 목을 비튼 것에서 끝나지 않고, 놈의 왼쪽 가슴에 손을 찔러넣었다.

푸우욱!

마족도 심장이 있었다. 그 심장을 움켜잡고 강하게 쥐었다.

파직!

심장이 터져나가면서 놈이 죽었다.

바닥에 조심스레 눕힌 후에 검은 피를 닦아냈다.

그리고는 문을 닫고는 밖으로 나와 빠르게 지하로 향하기 시작했다.

지하로 오자 마족 하나가 그 앞을 지키고 있었다.

"열어."

[오늘 지하 감옥에 오신다는 말씀은 없지 않았습니까?]

"열라고."

민혁이 미간을 찌푸리며 하는 말에 흠칫한 그가 서둘러서 문을 열었다. 그 안으로 들어간 민혁은 철장 사이로 갇힌 마물 하나가 자신에게 이를 드러내는 것을 보면서 미간을 찌푸렸다.

[크롸아악!]

놈이 거세게 뜀박질하더니 철창과 부딪쳤다. 마물은 표범과 흡사하게 생겼는데, 더 흉측하게 생긴 편이었다.

쇠창살 사이로 보니 마물들도 보였고, 마족들도 보였다.

민혁은 그들은 무시하고 인피니티 건틀릿의 끌림에 따라 이동했다.

한참을 걸었을까. 민혁은 거대한 철문 앞에 멈춰설 수 있었다.

철문 앞에 선 그는 손잡이도 없는 그 문을 있는 힘껏 밀었다.

하지만 열리지 않았다.

카르마를 끌어 올려도 마찬가지였다. 카르마를 끌어올린 힘에도 미동도 없는 문이라.

민혁은 주위로 카르마를 폭사시키기 시작했다. 그가 막 강하게 주먹을 휘두르려는 순간이었다.

끼이이이익!

철문이 천천히 열리기 시작했다.

그 안에 한 사내가 철로 이루어진 기다란 의자에 앉아 있었다. 사내는 마족의 뿔과는 다른 유니콘의 뿔처럼 생긴 것이 이마에 솟아 있었다.

그의 몸 곳곳이 상처 투성이었다. 피부는 인간과 비슷한 편이었다.

한 눈에 보기에도 무시하지 못할 위압감이 그에게서 흘러나왔다. 그 눈빛과 마주치는 순간, 민혁마저도 흠칫할 정도였다.

사내가 천천히 몸을 일으켰다.

눈은 흰자, 검은자 구분 없이 검은 색이었다.

투신이라 불렸던 사내. 차원의 모든 종족을 통틀어서 가장 높이 섰다는 사내.

물론 언제의 이야기인지는 모른다.

어쩌면 지금은 그보다 더한 강자가 차원 어딘가에 있을지도 모르니까.

항상 '최고'라는 말은 누구에게도 붙일 수 없다. 기록은 깨지고, 더욱 강한 자는 태어나기 마련이니까.

하지만 그 최고라는 이름을 누구라도 다 거머쥐고 싶은 것은 사실이었다.

인피니티 건틀릿이 격하게 진동을 토했다.

그를 죽여라.

조각 하나를 얻어서 나를 개방시켜라.

모든 힘을 얻어라.

그리고 최고가 되라. 그렇게 말하는 것만 같았다.

"투신?"

민혁의 입이 열렸다. 사내가 한 걸음 떼는 순간이었다.

성 전체가 진동하는 것 같은 착각이 일었다. 그의 몸에서 흘러나온 짙은 아우라가 민혁의 몸을 족쇄처럼 감싸는 것만 같았다.

7. 코슬렌 차원

NEO MODERN FANTASY STORY

RAID
신의 탄생

레이드

NEO MODERN FANTASY STORY

[계…승자….]

투신의 입은 아주 천천히 열렸다. 그는 척 보기에는 무척 부드러워 보이는 인상을 가지고 있었다.

인간으로 치면 마흔 중반의 신사 같은 이미지.

자신을 계승자라고 불렀다. 완벽하게 마인이 되지는 않은 것인가?

[나를 죽이십시오….]

그렇게 말하면서 그의 팔은 올라가고 있었다. 민혁의 미간이 찌푸려졌다. 그 순간, 투신이 눈깜짝 할 사이에 민혁의 앞으로 다가와 그의 멱살을 움켜쥐었다.

[어서 나를 죽이….]

그는 멱살을 잡은 오른 손을 왼 손으로 붙잡았다. 힘겹게 자신을 지배하려는 것과 싸우고 있는 것으로 보였다.

투신은 입술을 질끈 깨물었다. 붉은 피가 입술에서 흘러나오고 있었다.

그의 눈이 크게 흔들리는 것이 보였다. 곧 그의 눈이 더욱더 검게 변했다.

민혁은 위험하다. 라는 것을 직시했다. 그 손을 쳐내고 뒤로 물러나는 순간이었다.

콰악!

그가 주먹을 허공을 향해 휘두르자 땅이 우두두둑 파이면서 강한 힘이 민혁을 향해 솟구쳐왔다.

양 팔을 x자로 교차해 막아낸 민혁의 몸이 뒤로 밀려나 벽에 부딪쳤다.

쿠웅!

그는 서둘러서 품속 안 인피니티 건틀릿을 버튼 하나를 누르고 던졌다. 그와 함께 바닥에 떨어지는가 싶던 인피니티 건틀릿이 촤아악 거미줄처럼 펼쳐지며 그의 온 몸에 달라붙어 촤르르륵 갑옷의 형태로 변화했다.

"이길 수 없다고?"

그는 마지막 남은 자아마저도 집어 삼켜진 투신을 바라보며 실소를 흘렸다.

"해봐야 알지."

그의 입 한 쪽이 비틀어져 올라갔다. 시간이 없다. 투신과 자신의 싸움은 성 전체를 흔들 것이고, 곧 마족들이 들이 닥칠 것이다.

군주의 귀에 들어가는 것은 시간이 좀 걸릴 것이다.

그 안에 투신을 죽여야만 했다.

파아앗!

투신이 한 번 몸을 움직일 때마다 공간이 진동하고 있었다. 민혁이 바람처럼 움직였다.

❖　❖　❖

쿠웅! 쿠웅! 쿠웅!

두 사람의 주먹이 부딪칠 때마다 성 전체가 흔들리거나 무너져 내리고 있었다. 투신이 밀리면 그의 등 뒤의 벽이 무너져 내렸고, 민혁이 밀리면 그의 등 뒤의 벽이 무너져 내렸다.

와르르르르!

천장이 완전히 무너져 내렸다. 허나 두 사람은 이미 그곳에 없었다. 성 바깥에 내던져진 민혁은 빠르게 몸을 일으켰다.

투신이 자신을 향해 빠르게 접근하고 있었다.

마족들이 몰려들기 시작하고 있었다. 이제 곧 보고가 들어갈 것이다.

"흐읍!"

자신을 향해 접근하는 투신을 위로 힘껏 쳐낸 민혁이 뒤쫓아 날아갔다. 그를 향해 두 자루의 무형검을 흩뿌렸다.

촤아앗!

촤아아앗!

투신의 몸 앞으로 하얀 막이 생겨났다. 민혁의 미간이 찌푸려졌다. 하얀 막은 민혁의 두 자루의 무형검을 막아냈다.

'무형검을 막아내다…?'

군주들도 막지 못한 게 무형검이다. 피할 수는 있어도 베려 하는 것을 막지는 못한다.

그의 눈이 가늘어졌다.

"무형갑의 힘."

무형갑은 형체 없는 갑옷을 뜻한다. 즉, 절대적인 방어를 의미하는 것일지도 모른다. 투신을 죽이면 무형검도 뚫지 못하는 무형갑을 얻을 수 있었다.

절대적인 방패, 무엇이든 가를 수 있는 검.

파아앗!

민혁의 몸에서 솟구친 붉은 구들이 단도로 변하며 투신을 향해 빠르게 움직였다.

촤아앗!

투신이 손을 뻗는 순간이었다. 그의 손으로 빛에 휩싸인 무언가가 쥐어졌다. 형체를 드러낸 그것은 드래곤의 형상의 그립이 있는 검이었다.

그가 검을 휘두르는 순간이었다.

붉은 단도가 형체도 없이 사라졌다. 그것에서 그치지 않고 그 힘은 민혁을 향해 쇄도해왔다.

찌이익!

피해낸다고 몸을 틀었지만 그의 볼에 붉은 선이 생기며 피가 주르륵 흘렀다.

그는 투신을 바라봤다.

벅차긴 했지만 감당하지 못할 정도는 아니었다.

투신을 죽일 수 있다. 그렇게 민혁은 장담했다.

❖ ❖ ❖

마계를 지배하는 여덟의 군주 중 서열 7위에 해당하는 그레이드는 투신의 힘을 느끼고는 급하게 고든 영지를 향해서 내달리고 있었다.

그는 고든 영지 전체를 관리하는 군주였으며 서열 7위 뿐이기는 하였으나 무력적인 힘으로는 4위의 그레토도 이길 수 있을 정도의 강자였다.

투신은 전 차원 중 일반적인 지능이 있는 생명체 중 최강자에 속하는 인물이었다. 군주들과 견준다면 비등한 수준이었고, 그조차도 3위의 군주부터는 투신이 상대할 수 없었다.

애초에 종족의 '일반' 이라는 이름과 신에 근접한 힘을 부여받은 이들은 그 급이 다르니까.

여덟의 군주들은 마신에게 특별한 힘 하나씩을 하사 받았다. 그 힘은 군주들마다 각기 다른 편이었다.

[계승자.]

그는 미간을 좁혔다. 조금 있으면 고든 영지에 다다른다. 마신의 탑에 볼일이 있어서 그곳에서 일을 보고 있던 그는 투신의 힘을 느끼고 바로 복귀하고 있는 중이었다.

다른 군주들에게도 이 사실을 전했다. 계승자가 속박된 투신을 풀어내기 위해 이곳에 왔다.

투신은 자신들이 죽일 수 없다.

절대신이라는 그자가 손을 써놓은 것이다.

어느덧 고든 영지가 눈 앞에 보였다.

❖ ✛ ❖

푸지이이익!

어느 순간 무형검을 휘두르자 투신의 몸 주위를 감싸고 있던 하얀 막이 사라졌다.

그의 팔 하나가 잘려 바닥으로 투욱 떨어졌다.

투신은 남은 팔로 민혁의 손목을 잡아챘다.

[어서! 군주가 옵니다.]

그는 잃었던 자아를 다시 찾은 듯 보였다. 민혁의 미간이 찌푸려졌다.

그는 무형갑이기는 했지만 어느 한 차원의 생명체였다. 그런 그가 무형갑으로써의 임무를 하사 받았을 뿐.

자신을 죽여달라며 손을 잡는 그. 민혁의 손으로 형체 없는 무형검이 생겨났다. 입에서 꿀럭꿀럭 피를 흘리는 투신의 입가가 슬쩍 올라갔다.

민혁의 무형검이 그의 복부를 관통하는 순간이었다.

[드디어 안식을….]

어쩌면 고통스러웠을지도 모른다. 무형갑으로써의 임무를 하사 받은 것도. 마계에 갇혀서 마인으로써 있었던 것조차도.

그의 복부를 찌르는 순간이었다. 민혁은 눈을 찌푸렸다.

등 뒤로 이질적인 느낌이 화악 풍겨왔다. 거대한 검은 구가 그를 향해 날아오고 있었다.

[이곳을 벗어나야 합니다.]

파아앗!

빛에 휩싸인 투신이 빠르게 인피니티 건틀릿으로 스며들고 있었다. 순간 번쩍! 하는 빛이 터지면서 고든 영지, 더 나아가 마계를 밝히기 시작했다.

검은 구가 민혁이 있는 곳에 당도한 순간.

그는 이미 사라지고 그곳에 없었다.

짹짹짹짹!

방금 전 그 치열했고 급박했던 느낌은 온데간데 없이 사라져 있었다.

잔디가 깔린 바닥에 누워 있었다. 새 한 마리가 날아와 그의 발을 쪼아대었다.

햇볕이 뜨겁다. 그가 슬며시 눈을 떴다. 눈을 뜨자 보인 것은 유럽식 느낌이 나는 건물들이었다.

그는 천천히 몸을 일으켰다. 주위를 둘러봤다. 마계는 아니었다. 그는 자신의 손을 올려다보았다. 여전히 마족의 손처럼 검었다.

웅성웅성

시끄러운 소리에 그의 고개가 돌아갔다. 방금 전, 그 투신처럼 이마에 유니콘의 것처럼 생긴 뿔이 솟은 이들이 민혁을 보면서 경계를 하고 있었다.

[마족이야! 마족! 분명하다고!]

한 젊은 사내가 소리치자 그들은 호들갑을 떨면서 도망치기 시작했다. 그의 미간이 찌푸려졌다.

순간적으로. 머리를 강한 충격이 흔들어놨다.

"끄흐읍!"

그는 머리를 부여잡았다. 기억이 들어온다. 그 기억은 투신의 기억의 일부였다.

[일을 마치면 당신의 세상으로 보내드리겠습니다.]

머릿속으로 투신의 전음이 날아왔다. 아직 민혁은 몸에 들어온 터질 듯한 힘을 느끼지 못하고 있었다.

투신이란 자를 죽였다. 그의 힘은 자신과 견줄 정도다. 그 정도를 죽였을 정도면 어마어마한 양의 차크라를 흡수해야 맞았다.

그렇지만 아니다.

무형갑의 조각을 얻었다는 느낌도, 차크라를 흡수했다는 느낌도 없었다.

'대가군.'

무엇을 해줘야 온전히 주겠다는 의미로 보였다. 투신의 기억에는 한 여인이 있었다. 아주아주 아름다운 여인이었다. 여인도 물론 이마에 뿔이 솟았다.

그리고 어린 소년이 한 명 있었다. 열 한 살 남짓 정도 될 것 같았다.

이 거리가 기억이 난다.

자세히 둘러보면 건물 곳곳이 부서져 있었다, 핏자국도 군데군데 보였다. 마치 전쟁의 흔적이 지나간 것처럼.

민혁은 품속을 뒤졌다. 배낭은 투신과 싸운다고 내팽개쳐두고 왔다. 다행이도 품 속에 도플갱어 액기스 두 병이 남아 있었다.

한 병을 까서 방금 전 소리쳤던 스물 후 반 정도의 사내의 모습으로 변했다.

[저의 아내와 아이를 만나주십시오. 부디.]

무형갑. 그는 강했지만 한 여자의 남편이었고 아이의 아버지이기도 했던 자다. 그는 요구하고 있었고 민혁은 일단은 따르기로 했다.

머리에 익숙한 길목을 쫓아 걸었다. 참혹한 모습이 스쳐 지나갔다.

군데군데 죽은 자들의 시체가 보였다.

-역시 마족들이 이 땅을 먹기 시작했습니다.

"뭐?"

민혁의 미간이 찌푸려졌다.

머리가 다시 지끈거렸다. 투신은 설명하지 않고, 자신의 생각을 흘려 보낸 것이다.

마계의 군주들은 민혁이 살고 있는 곳 뿐만이 아니라 여러 곳을 노리고 있었다.

그중 하나가 바로 투신이 있던 차원인 코슬렌 차원이었다.

투신이라고 하지만 그로써도 여덟의 군주를 당해낼 재간은 없었다. 그때에 그분이 그에게 희생을 요했다.

무형갑의 힘을 이어받고 계승자에게 전해라. 그러면 그 자가 여덟의 군주를 모두 죽일 것이다.

투신으로써도 군주 한 둘 만 상대가 가능했기에 수긍했다. 이 땅의 자들을 지키기 위해.

허나, 자신은 군주들에게 잡혀갔고 이 땅은 이제 먹혀가기 시작하고 있는 것 같았다.

투신의 기억의 시간도 멈춰 있었기에 일단은 정확한 이야기는 다른 이를 통해서 들어야 했다. 민혁은 멈추지 않고 계속 걸었고, 한 집 앞에 도착했다.

집은 웅장하고 컸다. 하지만 군데군데 유리창이 깨져 있었고, 부서진 가구가 바깥에 놓아져 있었다.

마치 폐가처럼.

민혁은 그 안으로 조심스레 들어갔다. 문을 열고 집 안으로 들어갔다. 고풍스러운 유럽 집처럼 화려한 집안도 폐가 같았다.

그때에 민혁은 고개를 휙 틀었다.

나이가 조금 있어 보이는 여인과 그 옆에 검을 쥔 채 선 20대 초반으로 보이는 젊은 사내가 그를 경계하고 있었다.

기억에 있는 자들이었다.

투신의 아내와 아들이었다. 분명 세월이 흘러 여인은 주름살이 가득해지고, 소년은 건장하게 자라 있었지만 그들이 분명했다.

[누구시죠?]

여인이 경계 어린 시선으로 그를 보며 물었다. 민혁은 무엇이라 답해야할까 잠시 고민했다.

-저와 친한 지인이라고 해주시죠. 제 이름은 산더입니다.

"산더의 친한 지인입니다."

그 말에 두 사람의 눈이 크게 떠졌다.

하지만 반응은 예상했던 것과 반대였다.

[썩 꺼져!]

검을 든 청년이 검을 위협적으로 휘익 휘두르면서 소리 쳤다.

아버지의 지인이라는데 이런 반응이라니?

여인이 청년을 제지했다.

[그러지 말거라.]

[하지만 어머니, 저희가 그 자식 때문에…!]

아버지를 그 자식이라. 민혁의 코가 씰룩였다.

'자식 교육 잘 시켜놨군.'

민혁은 속으로 말했지만 투신은 똑똑히 들었을 것이다.

[저흴 찾아온 이유가 무엇이죠?]

그녀의 질문에 민혁은 이번에도 답하지 않았다, 산더의 답을 기다렸다.

그가 하는 말을 그대로 따라했다.

"이 차원을 습격하는 모든 마족들을 없애라고 산더가 지 시했습니다."

'흠.'

민혁은 말해놓고 흠칫했다.

산더가 원하는 것은 자신의 차원을 민혁을 통해서 구하 는 것이었다.

그의 말에 두 사람의 눈이 놀란 듯 떠졌다.

[그이를 최근에 만난 적이 있나요?]

투신은 딱히 답하지 않았다. 민혁이 스스로 고개를 끄덕여 답했다.

[지금 어디 있나요?]

투신은 이번에도 침묵을 지켰다.

"죽었습니다."

침묵의 뜻을 짐작한 민혁의 답에 여인이 휘청거렸다. 청년이 서둘러 그녀를 부축했다.

"저는 말씀드렸듯이 산더의 지시를 받고 이곳을 휘젓는 마족들을 죽이기 위해 왔습니다. 어떻게 된 일인지 이야기를 좀 해주시겠습니까?"

그의 물음에 여인의 고개가 끄덕여졌다.

❖　❖　❖

청년은 이야기 따위 듣고 싶지 않다는 듯이 밖으로 씩씩거리며 나가버렸다. 여인은 그를 딱히 붙잡거나 하지는 않았다.

이야기가 시작되었다.

마족이 습격을 시작한 건 3년 전쯤이었다고 한다. 습격이라는 말도 우습다. 한 놈, 두 놈씩 나타나기 시작했으니까.

그때마다 코슬렌 차원의 유니족의 강자들이 마족을 사냥했다고 한다.

'생각보다 이곳 차원의 유니족이란 자들은 인간들보다는 강한가 보군.'

이야기를 들어보면 이 땅이 지구만큼 넓지는 않았다. 그렇지만 강자는 꽤나 되는 것 같았다.

하긴, 이곳에는 애초부터 괴수라는 존재가 있었으며 각성자처럼 힘을 사용할 수 있는 자들이 있었으니까.

지구와는 다르다. 지구는 각성자라는 개념이 생겨난 것이 20년도 채 되지 않는다.

그리고 본격적인 습격이 시작된 것은 두 개의 달이 떴던 날이라고 한다.

다리아에게 모든 이야기를 듣지는 못했다. 아마도 마신이란 자는 다른 차원까지 집어 삼키려 하고, 그곳의 신들조차 굴복시키려는 것 같았다.

두 개의 달이 뜨는 날. 아칸이라는 군주가 강림했다고 한다. 그와 함께 아칸은 군사들을 이끌고 급습했다고 한다.

아칸이라는 군주는 서열 7위다. 머릿속에서 산더가 상세하게 설명을 해주고 있었다.

아칸은 차갑고 이성적인 군주라고 한다. 모두 죽이기보다는 그들을 발밑에 두고 지배하는 것을 좋아하는 자.

빼앗는 것을 좋아하며 힘으로 누르기보다는 다스리듯이 하면서 왕처럼 군림하려고 하는 자라고 한다.

그는 마물들을 조종하는 능력을 신에게 하사 받았다고 한다. 마물들 뿐만이 아니다. 이 차원에 존재하는 모든 괴수들까지도 조종할 수 있는 능력을 그는 가지고 있었다.

여인에게 말을 들어보면 그가 이곳에 강림했을 때, 함께 온 군사들보다 마물들의 숫자가 더 많았고, 아칸의 지시에 따라서 바깥에 있던 괴수들이 갑자기 영토를 습격하기 시작했다고 한다.

'그나마 죽이는 것을 좋아하지 않아서 다행이군.'

만약 그랬다면 이미 모두 죽었을 것이다. 발록은 아칸과는 다를 것이다. 그는 모두 죽이는 걸 좋아할 테지.

중요한 이야기를 모두 늘어놓은 그녀는 다시 산더를 언급했다.

[정말 그이는 죽었나요?]

"예."

죽었다. 정말로. 산더는 자신이 모든 일을 수행해주면 영혼조차 소멸되어 사라질 거라고 말했다.

지금처럼 머릿속으로 말도 하지 못하게 될 것이다.

[그렇…군요.]

그녀는 씁쓸하게 웃었다. 민혁의 시선이 흘끗 돌아갔다. 창문 쪽이었다. 휘익 하고 숨어버리는 머리카락이 있었다.

청년이 창문 쪽에 숨어서 듣고 있다는 것은 진작에 알고 있었다. 여인도 짐작하고 있었던지 쓰게 웃었다.

타타타탓!

들킨 것을 안 것인지 청년이 빠르게 도망치는 소리가 들렸다.

레이트
신의 탄생
295

여인이 한숨을 뱉었다.

"아무리 그래도 산더를 아들이 그 자식이라고 부르는 건 걸리는군요."

투신은 아무런 말도 하지 않고 있었지만 민혁은 개인적인 생각을 말했다.

무슨 이유가 있으니까 그럴 것이다.

투신은 계속 침묵을 유지했다.

[그이는 강했어요. 무척이나요. 유이족 역사상 가장 강한 사내라고 사람들은 부르기도 했죠. 많은 이들은 그가 있으면 자신들은 안전할 거라고 말하고는 했어요. 숭배를 하는 자들도 있을 정도였죠.]

그녀의 이야기를 민혁은 묵묵히 듣기 시작했다.

[그렇지만 그이는 사치스러운 사람은 아니었어요. 그저 이렇게 저와 루이, 셋이 행복하게 사는 걸 바랬던 분이에요. 그런데 마족들이 나타나기 시작한 시점부터 그이는 가야 할 곳이 있다고 했어요.]

"가야 할 곳이요?"

가야 할 곳. 민혁은 알았다. 무형갑이 되어야 했으며 자신에게 가야만 했을 테니까. 그래야 힘을 얻은 계승자인 자신이 여덟의 군주를 죽였을 것이다.

그렇지만 모른 척 질문했다.

[저와 루이에게 마지막 인사를 하고 그는 사라졌어요. 그때부터 비난이 시작되었죠.]

비난. 유니족 역사상 최고로 강했던 자라 칭송받던 이가 홀연 듯 몸을 감췄다. 그리고 마족들이 나타나기 시작했다.

마족들이 아무리 나타나도 그는 모습조차 드러내지 않았다.

[그는 도망친 것이다. 무서워서, 아이도 아내도 버리고 자취를 감췄다. 이런 말들이 주를 이루었죠. 하루에도 수십 번씩 저와 루이에게 손가락질을 하는 이들도 있었죠. 뭘 던지는 사람들도 있었구요.]

민혁은 고개를 끄덕였다. 투신은 다른 사람들에게 차마 말하지는 못했을 것이다. 그녀에게조차도. 또한 생각보다 일이 이렇게 오래 걸릴 것을 투신도 알지 못했을 거다.

[투신의 이름을 부여받은 자가 도망쳤다. 루이는 또래의 아이들에게 따돌림을 당하기 시작했죠. 그리고 아이는 아버지를 누구보다 존경하고 동경했으니까요.]

아버지가 투신이라는 이름을 받았다. 어렸다고 할지라도 알 건 다 알았을 것이다. 모두에게 우러러 보이는 자. 그 어디를 가도 강한 자.

아이는 아버지처럼 되고 싶었을 것이다.

그런 아버지가 한 순간, 도망친 비겁한 자가 되었으며 겁쟁이로 전락해버렸다.

실망이 컸을 것이다.

[그리고 군주가 이곳을 습격하기 시작했죠. 많은 자들이 죽었어요. 저항하던 자들도 결국엔 모두 죽고 굴복하기 시

작했습니다. 갈수록 저와 루이에 대한 비난도 거쎄졌어요. 투신이 있었더라면 달라지는 것이 있지 않았을까 모두가 생각했거든요.]

민혁은 고개를 끄덕였다.

강한 힘을 가진 건 꼭 좋은 것만은 아니다. 항상 사람들이 원하는 것만큼의 부흥을 해야 했으니까.

민혁은 고개를 끄덕였다.

"이제 그 비난 모두 걷어드리죠."

그가 생긋 웃었다.

"전 그분의 제자입니다."

민혁은 낯간지러웠지만 선의의 거짓말을 했다. 투신을 알게 된 것은 얼마 되지 않았고, 그의 배에 무형검을 찔러 넣은 자신이었다.

"그분의 이름을 이어 마족을 몰아내죠."

민혁의 눈이 날카로워졌다.

그녀는 믿을 수 없었다. 아칸이라는 군주는 모든 마물과 괴수들을 다룬다. 최강이라 불리는 드래곤마저도 다루는 것이 바로 아칸이었다.

앞에 있는 이는 평범해 보였다. 그리고 딱 한 명뿐이지 않은가.

그 혼자서 모두를 상대하겠다니. 전성기 때의 투신이 있었어도 그녀는 가능할까 싶을 정도였다.

"증명해드리겠습니다."

민혁은 몸을 일으켰다. 그는 터벅터벅 밖으로 나섰다. 시간을 지체해서 좋을 건 없었다. 자신도 어서 돌아가서 할 일이 많다.

그리고 일곱 번째 군주와 그가 이끄는 마물과 괴수, 그의 군사들. 모두 흡수하면 얼마만큼의 차크라를 얻을 수 있을까. 벌써부터 군침이 돌았다.

집을 나선 민혁은 한 눈에 아칸이 있는 곳을 알 수 있었다. 유럽식 건물이 검게 물들어 있었고, 검은 줄기가 건물 전체를 덮고 있었다.

건물의 위에는 정체를 모를 마물들이 포효하고 있었다.

걷던 민혁은 무안한 표정으로 서 있는 루이라는 청년과 마주쳤다. 그는 묻고 싶은 것이 있는 듯 하면서도 머뭇거리고 있었다.

─똑똑한 아이입니다. 검을 잘 쓰고, 어떤 것도 바로바로 배우죠. 하지만 이젠 검을 잡지 않는 것 같군요.

투신은 민혁의 시야를 통해 루이를 보고 있는 것 같았다.

그의 몸의 체형만 봐도 민혁과 투신 정도면 단련을 하는지 안 하는지를 짐작할 수 있었다.

─어쩌면 저로 인해서 일지도 모릅니다. 예전에는 저만큼 강한 자가 되겠다고 했는데.

쓰게 웃는 소리가 머릿속에서 퍼지는 기분이었다.

민혁은 픽 웃었다.

참 웃기다. 아버지라는 자는 이곳의 종말을 막기 위해

모든 것을 버렸다. 하지만 정작 알아주는 사람은 없다.

가족조차도. 물론 알아주는 자가 있기를 바라고 한 것은 아니겠지만 씁쓸한 현실이다.

민혁이 해줄 수 있는 것은 하나다.

"난 너희 아버지 밑에서 검과 무술, 모든 것을 배웠어."

민혁은 양 팔짱을 끼면서 말했다.

"대단한 분이셨다. 투신이란 이름이 아깝지 않았지. 긍지 또한 대단했어. 그 분은 내게 말씀하셨다."

루이는 묵묵히 들었다.

"자신에게 아들이 하나 있는데, 그 아들은 무척 영리하고 검을 잘 쓰는 건장한 청년이여서 뿌듯하다고. 그런데 지금 보면 검을 잡지 않는 것 같네?"

민혁은 품에서 담배를 꺼내 입에 물어 불을 붙여 뿜었다.

정체 모를 것을 뿜어대자 루이가 미간을 찌푸렸다.

"투신. 아버지의 피를 이어 받은 너는 검을 잡아야 한다고 생각한다."

[그 더러운 이름 이어받고 싶지 않은데.]

루이는 마음에도 없는 소리를 하는 표정이었다. 쓰게 웃은 민혁이 그의 앞으로 성큼 다가갔다.

"네 아버지가 얼만큼 대단한 분이셨는지 보여주마."

그는 루이의 손을 잡고 터벅터벅 걸었다. 그 손아귀 힘이 어찌나 강한지 루이는 풀지 못하고 질질 끌려가다시피 했다.

비명을 지르며 끌려가는 루이가 있었지만 누구도 도와주진 않았다. 그저 또 마족이 오면 어쩌나 걱정하는 이들이 태반이었다.

마족들은 하루에도 몇 번씩 젊은 여인들을 데려가곤 했다. 탐욕한 후 죽이는 일이 태반인 것이다.

민혁의 눈앞으로 개말을 타고 있는 마족 넷이 보였다. 그들은 눈을 굴리고 있었다.

개말을 탄 마족들의 등 뒤에는 8m크기는 될법한 괴수가 있었다. 놈은 유니콘의 형상을 하고 있었는데 민혁이 알던 유니콘과는 조금 다르게 털 색이 검은 색이었고, 얼굴 또한 흉측했다.

뾰족한 이빨이 튀어나와있었고 코는 얼굴의 반은 차지했으며 눈은 쫘악 찢어져 있었다.

[검은 유니콘이에요. 피해야 해요. 검은 유니콘은 강해요. 어지간한 유니족의 강자들도 저 검은 유니콘에게 뜯어먹힌다고요.]

루이는 겁에 질린 듯 말하면서 손목을 빼내려 했다.

민혁이 실소를 흘렸다.

"네 아버지가 얼마나 대단한 사람인지 알려준다고 했지?"

씨익 웃은 그가 루이를 돌아봤다.

"다시 말하마. 난 너희 아버지에게 모든 걸 배웠고, 지금 너에게 보여주는 건, 너희 아버지가 가르쳐준 모든 것이다.

얼마나 존경해야 할 자인지, 얼마나 동경해야하는 분인지 보여주마."

루이의 미간이 찌푸려졌다. 유니족에서 이름 좀 날린다 하는 전사들도 검은 유니콘에게는 한낱 바람 앞의 등불 같았다.

크기는 작았지만 놈은 무시할 수 없을 정도로 빠르고, 강한 힘을 지녔으며 그 감각은 거의 뚫을 자가 없었다.

마족들은 자신들을 보고도 피하지 않고 정면으로 바라보는 유니족을 발견하고 미간을 찌푸리고 있었다.

-고맙다.

머릿속으로 투신의 목소리가 퍼졌다.

이 정도 쯤이야, 뭘.

민혁은 다시 루이를 보며 생긋 웃었다.

"똑똑히 봐라."

그가 입에 물고 있던 담배를 허공에 퉁기는 순간이었다.

타탓!

바람처럼 움직인 그의 손에 마족들이 피를 흩뿌리며 쓰러졌고, 단단한 유니콘의 가죽이 찢어지면서 반으로 양단되어 검은 피를 철철 흘렸다.

어느덧 담배 꽁초가 바닥에 떨어질 쯤에 민혁은 자신의 팔에 묻은 피를 털어내면서 루이의 옆에 서 있었다.

그의 눈이 꿈뻑거렸다.

경악에 말조차도 뱉지 못하는 모습이었다.

[키에에엑!]

허공에서 익룡의 형상을 한 검은 마물을 타고 있던 마족이 깜짝 놀란 표정을 지었다.

익룡이 포효하기 시작했다. 그 포효는 마치 주위의 마물과 괴수, 마족들까지 한 곳에 모으는 듯 했다.

순식간에 민혁의 머리 위가 새까매지기 시작했다.

마물과 괴수들로 가득 찬 것이다. 먹구름이 낀 것처럼 어두워졌다.

쿵쿵쿵쿵!

쿵쿵쿵쿵쿵!

땅 전체가 진동하는 소리가 퍼졌다.

마물과 괴수들이 빠르게 민혁을 향해 접근하고 있는 소리였다.

"루이."

민혁은 그를 다시 돌아보았다.

어느덧 민혁의 눈앞으로 건물을 부서뜨리면서 수많은 마물들이 모습을 드러내기 시작했다.

삽시간에 주위로 백은 될 것 같은 괴수와 마물들이 채워졌다.

허공에는 이백은 될 정도의 숫자의 놈들이 민혁을 경계하고 있었다.

"네 아버지는 말이다."

민혁은 뻐근한 목을 우둑 풀고, 손가락의 뼈를 풀었다.

"전 차원을 통틀어 가장 강했던 투신이라 불렸던 사내라는 것을 기억해라. 그를 자랑스러워해라."

충분히 자랑스러워할 만 했다. 자신을 희생해 이곳을 구하려 했던 자이니까.

"그리고 사실."

민혁은 쓰게 웃었다.

"너희 아버지보단 내가 조금 약하다."

그는 장난스런 거짓을 말하면서 엄지와 검지에 조그마한 틈을 만들며 웃었다.

"두 눈 똑똑히 뜨라고."

민혁이 그렇게 말하고 고개를 튼 순간이었다. 그의 모습이 루이의 시야에서 사라졌다.

그 순간, 앞을 막아선 10m크기는 될법한 거대한 마물이 검은 피를 뿌리면서 바닥에 쓰러져 내리고 있었다.

〈5권에서 계속〉